働きなさいロックスター

山下貴光
Yamashita Takamitsu

JN166241

文芸社文庫

目次

登場人物紹介

佐草健太郎《さくさけんたろう》　高校卒業後ロックスターを夢見て勘当同然に上京するが、まったく芽が出ず十年を過ごす。

時実紗綾《ときざねさあや》　老舗テーラーで修業し、去年寿商店街で独立を果たした幼馴染。男勝りな性格。

阿野雄太《あのゆうた》　家が近く高校まで一緒の幼馴染。気弱な性格だったが、今や町を守る香川県警刑事。

佐草仁亜《さくさにあ》　変わり者だが心優しい健太郎の弟。専門学校を辞めて、父の店を手伝おうとしていたが……。

佐草作治《さくささくじ》　通も唸《うな》る実力うどん店店主で健太郎の父。頑固職人で、健太郎とはいがみ続けている。

佐草十和子《さくさとわこ》　十三年前に事件で亡くなった健太郎の母。今も店には彼女の存在が漂う。

田辺文子《たなべふみこ》　亡き母の友人で古くからの従業員。佐草家にはなくてはならない存在。

瀬能京香《せのうきょうか》　店に住み込みで働く作治の弟子で健太郎の教育係。並々ならぬうどん愛の持ち主だが……。

高岡宗助《たかおかそうすけ》　高岡薬局の小学四年生の息子。商店街夏祭りのプロレス余興に悩む。

木南雅彦《きなみまさひこ》　生花店の長男で寿商店街青年団団長。商店街の復興に燃える健太郎の後輩。

宇野清喜《うのせいき》　市内の自宅アパートで殺害された前科者。

第一章　佐草健太郎

岡山駅で新幹線から在来線に乗り換える。瀬戸大橋を渡る際は瀬戸内海を一望できるが、午後十時を過ぎれば黒い景色が広がるだけで、遠くの島の小さな明かりが見えるだけだ。

約三十分後、香川県にある実家の最寄り駅に到着した。

駅周辺は暗く、人影も少ない。若者が数人と、酔っ払いのサラリーマンがベンチに横になっているだけだ。音も少なく、町の発展や開発は鈍いようで、記憶の中の風景とさほど変化はない。

駅舎を離れるとすぐに小さなアーチが目に留まった。街路灯の薄明かりに照らされ、闇の中でぼんやりと浮かび上がっている。

今日もニコニコ寿商店街。

誘い文句もあの頃のままだ。奥に向かって真っ直ぐに延びる小さな商店街は十年前にタイムスリップでもしたかのように、そのままの姿で存在している。田舎の商店街が夜中近くまで営業しているわけもなく、どの店舗もシャッターが閉じられているわけだが、瞼《まぶた》を閉じると賑わいが感じられるようだ。

懐かしさで心が緩む。

同時に指差され馬鹿にされているような気もして、途中から歩調が弱々しくなった。

商店街を中ほどまで進むと一軒の店舗が目に映る。足を止め、建物と対峙するように向かい合った。こちらも十年前と様相を変えていない。築百年近い日本家屋を改装して営業するうどん店。明かりはなく、静かに眠っているようだった。

呼吸が止まっていることに気づき、大きく深呼吸をした。再び歩を進める。

実家は商店街を抜けた先にある五階建てマンションの一室。県道沿いに建つそれは十年前に比べると外壁は汚れていたが、目立った傷みなどはない。壁をぽんぽんと叩き、階段を上った。

三階の最奥、３０８号室の前に立つ。窓からは明かりが漏れ、小さく食器同士がぶつかり、水道管がうなりを発している。迷いが生じ、インターホンを押すのに時間がかかった。頭に浮かぶ父親の顔が、俺の動きをのろくさせている。

陳腐なインターホンの音に反応してドアが開いた。

「健ちゃん……」

出てきた女性は溜め息を落とすようにつぶやいた。うどん店を営む父親のもとで古くから従業員として働く女性、田辺文子《たなべふみこ》だ。十三年前に母親が亡くなってからというもの何かと世話を焼いてくれる彼女は、佐草家《さくさけ》にとってかけがえのない人物だ。

「おばちゃん、遅くまでごめん」

十年前よりも体型が丸くなり皺《しわ》の増えた文子に頭を下げ、玄関を潜った。

歩調がぎこちない。弟の部屋のドアをちらりと見た。

「おばちゃん、仁亜《にあ》は？」

佐草仁亜、弟の名前だ。ニアとは、近いという意味の英語『near』から取ったものらしく、誰とでも仲良く近い存在でいられるように、神の近くにいて愛されるように、という二つの願いが込められたものだと、健在だった母親から聞いたことがある。

「……葬儀場に」

「親父は？」

「さっき葬儀場から戻ってきたばかりよ」

気が重くなる。リビングへとつづくドアを開けた。

十五畳ほどの広さの部屋には必要最低限の物しか置かれていない。テーブルに座椅子、古い箪笥《たんす》に小さな棚のみ。テレビもなかった。使い古されたラジオの音だけが部屋に流れている。

背筋を伸ばし、細身の男が座椅子に腰掛けていた。背後で音がしたにもかかわらず振り向きもしない。

「ほら、作治《さくじ》さん。健ちゃんが帰ってきましたよ」

文子が父と息子の距離を縮めようとする。余計な気遣いだ。

気まずい。実家であるのにくつろげず、窮屈な心地がする。声をかけることもできずに、座ることも忘れていた。

「……弟が死んで帰郷か」

親父は振り返らずに言った。苛立ちの感情が見え隠れしている。

弟が死んだのは事故だ。自転車に乗っていた弟は脇道から飛び出してきた運転の乱暴な乗用車に撥《は》ねられた。運転手はほとんど酩酊《めいてい》状態だったらしい。

そう報告してくれた文子は電話の向こうでむせび泣いた。俺はといえば驚き、焦るくらいで、冷たい反応をした。突然のことに実感が湧かなかったということもある。

弟とは年に何度か連絡を取り合ってはいたが、ここ十年顔を合わせていない。硬いものにぶつかったような衝撃を感じはしたが、距離の遠さのためか悲しみや寂しさという感情が遅れているようだ。

「悪かったな」と親父に言葉を投げつけた。

「ああ」重い返事がある。「悪いな」

「ちょ、ちょっと二人とも」文子が慌てる。「久しぶりに会ったんだから、もっと穏やかに。ね、作治さん」

「おばちゃん、親父はいつもこうだ。俺たちの間に穏やかなんて言葉はねえ」

「でも、こんな日に喧嘩をしなくても……」

「勝手に家を出た奴のことなど、ほっとけ」

親父が目の前の茶を音を立てて飲んだ。

「そういうことだって、おばちゃん」

鼻で笑った直後、廊下で音がした。床板を踏みしめ、軋む音だ。

俺は振り向き、いままさに開こうとする扉を眺めた。

現れたのは一人の女性。二十代半ばくらいだろうか。長い黒髪を後ろで束ね、地味な服装をしていた。化粧をすれば映えそうな顔立ちだが、大人の女性としての礼儀程度に施しただけだった。見惚れるほどの美人ではないが、清楚な雰囲気が漂う。

「京香ちゃん、お疲れさま」文子が女性に向かって言った。「健ちゃん、あのね、この子は瀬能《せのう》京香《きょうか》さん。作治さんの弟子なのよ」

少なからず驚いた。すぐに言葉が出ない。

「もう三年半前くらいになるかな、お店の二階に泊まり込んで働いているのよ。京香ちゃん、こちらは作治さんの息子さんで、佐草健太郎さん。仁亜ちゃんのお兄さんよ」

「はじめまして」京香は姿勢を低くし、頭を下げた。「お父様にはお世話になっています」

「こいつがお父様？」噴き出す。「うどんの修業をしたいなら、ほかを当たったほうがいい。いつまで経っても一人前にはなれねえぞ」

「半人前にもなれねえ人間が偉そうに口を動かすもんだ」親父が嘲る。「京香、馬鹿に挨拶は無用だ。明日は早い。戻って寝ろ」

京香は不自然にきょろきょろと視線を動かし、師匠の言いつけに頷《うなず》いた。

「偉そうなのはどっちだよ」

俺は不満をぶつけた。

「健ちゃんも疲れたでしょう。明日は忙しくなるし、もう休んだら？　いいわよね、作治さん」

「勝手にしろ」親父が立ち上がる。「けどな、お前の部屋はもうないぞ。寝るなら廊下で寝ろ」

「作治さん、どちらに？」と文子。

「寝る」

親父は京香を押し出すようにして、部屋を出て行った。

「おばちゃんもあんな男のところで働くのは疲れるだろ。きっと給料も安い。転職を考えたほうがいいぞ」

ふふ、と文子が微笑む。

「何?」

「十年前、健ちゃんがこの家を出るときも同じようなことを言ってた」

覚えがなかった。「そうだっけ。物覚えがいいな、おばちゃん」

「年を取ると先が短いからかしらね、昔のことが鮮明になるのよ。さあ、お風呂が沸いてるわよ」

慌ただしく風呂に浸かり、廊下……ではなく倉庫化した昔の自分の部屋で眠った。


弟の葬儀はしめやかに執り行われた。弟が通っていた専門学校のクラスメイトが、「温泉に行く計画をしていたのに」と残念がるくらいだった。あまりにも順調すぎて、俺が来るまでにみんなで予行演習をしていたのではないか、と疑うほどだ。

親族席に座ることを遠慮した文子は大粒の涙を流していた。親父の弟子である京香も仁亜と親しかったらしく目を真っ赤にしている。

俺は読経《どきょう》が終わるまでずっと、仁亜の遺影を眺めていた。笑顔の仁亜はちゃんと大人になっていて、髪型も坊主頭ではなく、清潔に整えられている。少年だった十年前の弟が死んだのではなく、青年に成長した弟が死んだのだな、と思うと奇妙な感じがした。

事故による損傷もあったのだが、花に囲まれながら棺の中で横たわる弟は、遺影とは違い白く冷たい。弟の死にではなく、死というもの自体に恐れおののくといった感覚で息苦しくなった。白い菊の花を弟の右腕あたりに置き、すぐに離れた。

悲しみも寂しさも、まだやってこない。何というか、暗い気分にはなるのだが、周りの雰囲気に影響されたためなのか、それとも胸の底から湧いてきた、純粋な暗さなのかは判然としなかった。しっくりとこない陰気さだったのだ。

感情的になって涙を溢れさせることなく、不思議なほど冷静で、母親の葬儀のときとは明らかに違う。薄情な兄のような気がして、仁亜に申し訳ない気分になった。

隣に座る親父も涙一つ見せずに参列者に対応していた。昨夜よりも険しい顔になってはいたが、悲しみを溢れさせるようなことはない。母の葬儀でも同じで、この男には感情というものがないのかと当時は思ったものだ。その冷徹さを受け継ぐような自分にも腹が立つ。

葬儀が終わった直後、懐かしい顔が現れた。時実《ときざね》紗《さ》彩《あや》と阿野《あの》雄太《ゆうた》の二人。二人とも家が近く幼馴染だ。特に雄太とは高校まで同じだった。

挨拶を済ませたのち、紗彩が口を開いた。

「大丈夫？　健太郎……」

十年という時間は女を変えるらしい。高校まではソフトボール部のキャプテンで女性らしさの欠片もなかったが、今では見違えるほどの色白美人だ。戸惑いながら答える。

「ああ、平気だ」

嘘をついたような気分になった。最初から、落ち込むほどの暗さを抱えてはいない。

「元気が必要ならいつでも話を聞くから。遠慮なくうちの店に寄ってよ」

「店?」

「そっか、健太郎は知らないんだよね。わたし今ね、寿商店街でテーラーをやってるの」

「そういえばお前、洋裁の専門学校に進学したんだったよな」

「そう。卒業後は高松市の老舗テーラーで修業して、去年、独立したのよ」

「店か、すげーな。しかもこの町で」

「まだぜんぜん駄目」紗彩がくたびれた表情で首を振る。「赤字つづきだし」

……。

「で」俺は沈黙から逃げるように隣の男の首に腕を回した。ぐっと押さえつけて絞め、左手で腹部を軽く殴る。「雄太は大学に行ったんだよな。今は会社員か?　ちょっとは出世したんだろうな」

「……け、い……」

「は？」

「その中学生のノリはまずいと思うよ、健太郎」紗彩が表情筋を緩ませた。「雄太はこう見えても、立派な警察官だから」

「えっ」声が裏返った。「犯罪者を捕まえるのかよ、お前が？」

想像できなかった。小学生の頃は泣き虫で、いつも俺か紗彩の後ろに隠れていた。中学に上がると軽いいじめを受け、俺が力ずくで解決した。高校になって身長が伸び、周囲を見下ろすくらいの体格になってからはからかわれることはなくなったが、あの気弱な雄太が警察官とは下手な冗談を耳にしているような気分にもなった。

雄太が警察官になった理由……。

「まさかお前、母ちゃんのことか……」


十三年前、俺の母親が死んだ。紗彩と雄太の母親も死んだ。三人は仲が良く、普段から行動をともにしていた。ある日の午前中、三人でデパートに行き、帰りに雄太の家に立ち寄ったそうだ。そこで事件が起こる。

何者かによって三人は殺害された。昼食を摂るために帰宅した雄太の父親によって発見される。俺たち三人は連絡を受けて中学校を飛び出した。

部屋を荒らされた跡はあったが、盗まれたものはなかった。小学校低学年だった仁亜は母親がいなくなってしまったことに対し、ただ泣いていた。

事件は未解決のまま犯人はいまだ捕まっていない……。

「警察なんて役立たずだ。お前の親父さんのことを犯人だと疑ってたアホだぞ、忘れたのか」

「だからこそ」雄太が言葉を強くする。「だからこそ警察官になったんだ。大学を卒業してから、と最初は考えてたんだけど、一年で辞めた」

十三年も経過すれば悲しみも怒りも焦燥も様々な感情が薄れる。それが現実だ。けど、雄太は……。

「俺に相談もなしに、かよ」

「わたしにも何も話してくれなかった」と紗彩。

「お前は昔からいつも肝心なことを話さないな」

溜め息が出る。

「今は刑事課の刑事さんだよね」紗彩が笑いかける。「出世した」

「県警本部じゃなく、小さな警察署の一刑事だけどね」

俺は無言で雄太の背中を叩いた。十三年間何の進展もない事件が、雄太の行動一つで解決に導けるわけがない。

そんなことはわかっていた。

しかし、胸の中が波打つ。薄れていた感情が、まるで新しい衝撃であるかのように騒ぎはじめる。

いや、今さらどうにもならない。

「テーラーのオーナーに、警察官か」

目覚ましい変化を見せていないのは、俺だけ。幼馴染の成長が自分の停滞した現状をより際立たせた。いや、もしかすると俺は後退しているのかもしれない。何者にもなれず、十年という時をただ浪費しただけ。昔よりも勢いや自信をなくしたぶん、俺は確実に小さくなった。

「姉ちゃんもお悔みを……」と雄太。

「来てるのか！」

周囲を見回した。雄太の姉には小学生の頃からよく叱られた。弟をいじめるな、と頭を引っぱたかれ、追いかけ回された。幼い頃の苦い体験は大人になっても影響するらしい。

「姉ちゃんは今、県外。経営するネイルサロンが忙しくて帰ることができなかったんだ」

「……そうか、礼を伝えてくれ」

「それでさ」

紗彩が言う。その瞳は興味津々に輝いていた。

俺はこれから投げかけられるであろう質問に怯える。

「健太郎のほうはどう？　音楽活動」

「……まあ、ぼちぼち」

「仁亜に聞いたよ、ライブはいつも満員なんだって？　ファンの女の子もたくさんいるって」

一年ほど前に仁亜と電話で話した際、虚栄を張って話した内容が伝わったようだ。現実はチケットを売りさばくのにも苦労するうだつの上がらないバンド。熱烈なファンなど皆無と言ってよかった。

「……いつも満員ってのは言い過ぎだって。ライブハウスの収容人数の関係もあるしな。けど、小さなところだと窮屈することはあるかもな」

情けない。俺はどういう顔をして嘘をついてるんだ。

「有名なプロデューサーの目に留まってメジャーデビューが近いって聞いたけど」雄太が顔を近づけた。つづけて誰でも知る音楽界のヒットメーカーの名を口にした。「すでに曲はでき上がってるんだって？」

「あ、それはわたしも聞いた。苦労は長かったけど、やったじゃない」

そんな話を誰に聞いた。仁亜が喋ったことが大きくなり、話が広がるにつれて尾ひれがついてとんでもないデタラメに膨れ上がってるじゃないか。

俺は幼馴染の二人を見つめ、唇に人差し指を当てた。

「誰にも言うなよ、発表はまだだ」


つい最近、バンドは解散した。

五年間一緒に活動してきた音楽仲間の一人が突然、「解散だ」とがなり立てた。音楽性の相違や将来への不安から出てきた言葉ならともかく理由は至極嘆かわしいものだった。

バンドのドラム担当が、ギター担当の恋人と浮気をした。その事実が明るみになり、二人の関係にひびが入る。その亀裂は修復不可能で、砕け、そして解散。結論は早く、説得をするも聞く耳を持たず、決断は固かった。一つのくだらない過ちが五年という時間を台無しにしたというわけだ。

手元に残ったのは後味の悪さと脱力感。ベース担当とドラム担当は数日後に新しいバンドで活動を再開し、ギター担当は音楽活動を断念して郷里に戻ることを決める。

ボーカル担当の俺は……。

狭い部屋の中で天井を見上げ、アルバイトの時間になると起き上がる。時々、携帯電話が鳴って友人からの誘いがあるが、外出する気分にはならなかった。

高校を卒業して、俺はすぐに家を出た。地元にいても母親の事件にとらわれ、父親に対する反抗心もあり、何よりも上京すれば輝けると信じていた。武器は無鉄砲なほどの勢いと無尽蔵にも思えた体力。安価なギターを手に入れ、音楽のことしか考えなかった。

けれど現実は厳しく、実力も伴わない。上京して二年目で早くも壁にぶち当たり、バンドを移籍。それから何度も再出発を繰り返したが、チャンスらしいチャンスはなかった。

また再出発。しかし、いつもより俺の動きは鈍かった。誰にも認められず、成長することもなく、時が過ぎるだけ。飯を食べ、働き、排便する自動人形だった。


弟が横たわる棺を数人で抱え、霊柩車《れいきゅうしゃ》へと運び込む。参列者が手を合わせ、長いクラクションが木霊《こだま》した。親族とともにバスに乗った俺は火葬場へと向かう。

弟の遺骨と対面したのち、葬儀場へ戻った。奥の和室で食事会が開かれ、親戚一同が集まり、がやがやとした声があちらこちらから聞こえた。

が、やはり空気は落ち込んでいた。昨年産まれたばかりだという親戚の赤ん坊が、堰《せき》を切ったように泣きはじめ、鼓膜を掻き毟《むし》られるような心地になった。

テーブルの上には寿司や天ぷらとともに、かけうどんが置かれている。トッピングや薬味はなく、つゆの中に麵だけが浸かっている。親父が作ったものだとすぐにわかった。

つやつやと輝く麵はエッジが利いてほんのりと褐色を帯びている。国産の小麦を自家製粉している証だ。製粉の過程で少量の麩《ふすま》が混じるために、ところどころに籾殻《もみがら》が入ってしまうのだ。

うどん鉢を両手で持ち、つゆを喉に通す。

見た目は薄いつゆだが、いりこや昆布をベースにした出汁がよく利き、うま味が濃い。すべて飲み干せる塩加減は絶妙だ。

麵を二、三本箸で取り勢いよく啜《すす》る。

嚙むとモチモチとして、次にしこっとした歯ごたえがある。ただ硬いだけの麵をコシがあるとは言わない。外は柔らかく、嚙めばもちっとした弾力がある。それがコシだ。しかし、讃岐《さぬき》うどんはしっかりとしたコシだけではない。つるつるとした舌触りもその特徴だ。嚙むたびに輸入小麦にはない風味が口内に広がり、鼻へと抜けた。後味も楽しめる。

親父のうどんは美味い。コシがあっても重すぎることなく軽く喉を通る。これだけは認めざるを得ない。香川県内に八百軒以上あるうどん店の中でもトップクラスだと評していい。雑誌などでも取り上げられたことのある、うどん通も納得する実力店だ。

つゆの一滴も残さず食べ終えた俺は席を立った。ようやく故郷に帰ってきた心地になるが、その心情を誰かに伝えることはない。先に帰る、と文子に言づけると葬儀場をあとにした。酒は飲んでいないので、親戚の車を借りることにする。

葬儀場から実家までは、車で五分。ライトを点け、大きな川沿いの道を進む。車の往来が少ないので、スピードが出せる。幼い頃は段ボールをソリ代わりにして土手を滑ったり、夏には川の中に入って遊んだりしたものだ。仁亜とは八歳の年齢差があるため、川遊びができるようになった頃には俺はすでに中学生で、一緒に遊んだ記憶はない。

もう少し遊んでやればよかったな。幼い頃の弟の顔を思い出した。


家の廊下の電気は灯っていたが、ほかの部屋は真っ暗で、ひんやりとした空気が床の表面を覆っていた。仁亜が小学校一年生のときに県の絵画コンクールで入賞した際の賞状が、いまだに玄関の壁に飾ってある。小学生部門銀賞という文字が誇らしげだ。あのときは母親もまだ生きていて、銀賞受賞を一緒に喜んでいた。

ふと仁亜の部屋が気になった。数日前まで現役として活躍していた弟の部屋にはまだ彼のぬくもりがあるように思えた。

「兄貴、バンドが解散したくらいなんだよ」

弟の声が甦った。仁亜から久しぶりに電話があり、会話の中で愚痴るように現状を報告した。

「人と別れることなんて、小さな頃から何度も繰り返してきたことだろ。そろそろ慣れろ」

母ちゃんのことを言っているのか。大泣きして整理がついたっていうのか。嘘つけ。

「別れってのは慣れるものじゃない。そういうお前も別れのつらさから逃げたことがあったじゃねえか」

「な、何だよ」仁亜の声が引き攣る。「どういう意味だよ」

「お前は小さな頃から誰かを好きになるたびに、俺に報告したよな」

最初の報告は小学校三年生だったか。おそらくそれが弟の初恋なんだろう。その後のことはいちいち覚えていないが、恋をするたびに何度も報告を受けた。

どうしてそんな報告をするのか。弟は照れた語調で、「これはおまじないなんだ」と答えた。「兄貴に報告して告白をすると、成功率が上がる」と笑う。

俺は恋愛成就のお守りということだ。

「それがどうした」と電話口の仁亜の声が身構える。

「恋の報告は何度も受けたが、別れた、っていう報告は今まで一度も聞いたことがない」

「悪い報告は聞きたくないだろ」

「ニュージーランドに留学したのはどうしてだ？」

俺はじわりじわりと弟を追い込む。高校二年の夏、弟は夏休みを利用して一ヵ月間以上、日本を出た。

「英語を勉強したかったからに決まってる」

「嘘だ」ぴしゃりと言った。「英語なんて喋れねえだろ」

「兄貴、語学留学をしたからって、一ヵ月程度じゃ英語を習得できない」

「何のための留学だったんだ」

「心外だな、成果はあったよ」

「どんな成果だ？」

「羊を数えても眠くならなくなった」仁亜はぬけぬけと言う。「俺が留学した街っていうのが、オークランドのような都会じゃなくて、ずっと南の田舎だったから、暇つぶしといえば羊を数えることくらいなんだ。だから慣れたんだな」

「そうじゃねだろ」

俺は何もかも知っているのに、もったいぶるような沈黙を作る。何だよ、という不安げな声音《こわね》が聞こえた。

「留学の成果ってのは、失恋の傷が癒えたことじゃねえのか」

驚いているようで、弟からの反応がすぐには返ってこない。

「おばちゃんに聞いた」

「……そういうことか」

仁亜が落ち込んでいる。文子から心配の電話があり、詳しく話を聞くと、どうやら失恋が原因らしかった。女性不信になりかねない、と文子が声を落とすので、「男ってのは人生で一度は女性不信になるものだ」と言ってやった。

「……兄貴、知ってたのか」

仁亜はあっさりと認めた。

「あいつひでーんだぜ。いきなり、好きな人ができた、って言うんだ。でも、そう告白したときには、もうその人物と付き合うことになってたらしくて、好きな人ができた、っていうか、別の男と付き合う準備が整ったから別れてくれ、ってことだろ。好きな人ができたのはもっと前だ。俺は何も知らずにそんな彼女に笑いかけてた」

「それで日本を出ようと思ったのか」

「兄貴もニュージーランドに行けばいい、お薦めだ」

「それでバンド解散のショックが癒えるのか」

「そうじゃないって。日本を出ても失恋の傷は癒えなかった」仁亜は淡々と言った。

「癒してくれたのは、音楽」

「やっぱ音楽か！」

送話口に声を叩きつけた。

「同じ下宿先に日本からの留学生がいてさ、部屋が隣だった。彼はギターを持ってて、めちゃくちゃ上手いんだよ。英語の歌詞だから内容は理解できなかったけど、ビートルズの曲だって言ってたな」

「その男の歌を聴いて、癒されたってわけか。だったら、俺の歌を聴かせてやればよかった」

「違うよ、違う」電話口で首を振ったのか、雑音が聞こえた。「彼のギターを借りたんだ。で、歌った」

「ギターを弾けるのか？」

「適当だよ。歌詞だっていい加減。ほとんど叫んでただけ。馬鹿野郎とか、ふざけんなー、って感じ。本当にすっきりしたんだ」

「胸に溜まっていたものを吐き出したわけか」

自分なら何と叫ぶだろう。弟とまったく同じ台詞が思い浮かび、苦笑した。

それから仁亜は電話を切る直前、「どうせすぐに会える」と予言めいたことを口にした。この十年間まったく会っていないんだぞ、との疑問を向けると、「兄貴、疑う理由になっていない」と言われた。

あの予言はこういう状況を言い当てていたのか。弟の部屋のドアを見つめながら思う。

事故だと言っていたが、まさか自殺ではないだろうな。いや、それはない。会うという表現とは違う気がするし、弟の性格を考えるとその可能性は低い。

深刻な悩みがあれば、仁亜はギターを乱暴に掻き鳴らすはずだ。

ふうっと溜め息をついたあと、ドアを開けてみようと決めた。

悲しみや寂しさがその部屋にあるような気がしたのだ。不完全燃焼の感情を刺激してみることにした。

扉を押し開けると、廊下のオレンジ色の光が先に仁亜の部屋に進入する。部屋の奥は暗く、音も聞こえない。先ほど感じたぬくもりは幻想だとわかった。扉を開けたにもかかわらずそこは固く閉ざされたままで、何人の立ち入りも拒み、いつしか呪いだとか、祟りだとか噂が持ち上がり、人を近づけさせない妖気を漂わせる。そのまま部屋は家主を待ち、数百年沈黙する。

そんな重苦しさを感じた。

けれど、足を進めると呆気なく前進できた。スイッチを入れると蛍光灯が明々と灯る。そりゃそうか。

弟は昔から掃除が苦手だった。床には様々なものが散らばっている。脱ぎ捨てられた洋服、雑誌、ゲーム機など。小さな銅製のペガサス像がこちらを睨んでいた。

「仁亜、変わらねえな」

首をストレッチするように回して部屋を眺めてみたが、懐かしさが感じられない。黒革のソファ、背の低いサイドボード、小型テレビとまったく見覚えがない。懐旧の情をくすぐるのは学習机だけだが、それも色が塗りなおされている。左に見える棚には、宇宙を舞台とする映画のフィギュアがずらりと並んでおり、こういう趣味があったのか、とはじめて知った。

屋外からも物音はせず、聞こえるのは身体の中で弾む鼓動と心の声だけだ。

ソファに腰を下ろしてみる。俺の中にある音も消える。

……これが喪失感というものか？　ぼんやりと考えるが、どうも違う気がする。くたくたに縒れたジーンズが視界に入る。仁亜の抜け殻だ。学習机の上を見ると作りかけの船の模型がそのまま置かれていた。

そういえば、あれはまだつづけているのだろうか。

引き出しの中、隣にある段ボール箱の中を探すが、目的のものは見つからない。見つかったのは、男の欲望を発散させるためのＤＶＤが数枚あっただけだ。どこだろう。棚の上にある黒い箱が怪しい気もするが、あれをしまっておくだけにしては大きすぎる。視線をほかに走らせた。

天井の近くにある押し入れ。小さな収納スペースで、幼い頃は鎧兜の置物が収められていたはずだ。学習机の椅子を移動し、その上に立ち、襖を開ける。細かな埃が落ち、咳き込んだ。

正方形のクッキー缶がぽつんと置いてあった。ひっそりと我慢強く誰かを待っているような様子であったが、誰にも見つからないように息を潜めて隠れているようでもある。

この大きさなら、あれが入っているのにぴったりだ。

蓋を開ける瞬間、タイムカプセルを開封しているような心地になった。

カセットテープが並んでいた。背には弟の年齢を表す0から19までの数字が書かれている。テープには仁亜の声が録音されているはずだ。

弟が産まれ、両親はその声をカセットテープに録音した。弟が一歳になり、その誕生日にまた声を録音する。二歳、三歳とつづけられた。もちろん俺の声が吹き込まれたカセットテープも存在しているが、十歳を境にやめてしまう。

仁亜はずっとつづけていたようだ。

テープを眺めていた俺はそこで首を傾げ、19と書かれたテープの隣で倒れているカセットテープを起こした。来年用のテープかと思ったが、背には『番外編』と書かれていた。

こりゃ何だ。

棚にあった小さなカセットデッキに『番外編』のテープをセットした。再生ボタンを押す。小さな雑音のあと、仁亜の声が聞こえた。

「兄貴、散歩に出かけよう。玄関で待ってる」

その第一声は予想もしていなかったもので、俺は身体を後ろに反らしながら動けなくなった。

つづきを待ったが、いつまで経っても声が聞こえてこない。よく見ると、テープが止まっている。カセットデッキを叩いてみるが、原因は電池切れ、もしくは故障のようだ。

俺をからかっているのか、仁亜。

昨晩、死んだ弟に誘われた俺は朝起きてすぐに商店街の電気店に走った。乾電池を買い、戻る。

一緒に散歩に出かけるだって？　散歩なんかに誘って何をするつもりだ。自分の死の真相を語るつもりじゃないだろうな。

俺は昨夜のカセットデッキに乾電池を入れるのではなく、携帯用カセットプレイヤーを自室から探し出した。一緒に散歩をするということは、おそらく仁亜は自らも散歩しながら録音している。だったらこちらも動けなければ意味がない。

「健ちゃん」

後方から声がして、振り返った。

「何だ、おばちゃんか」

割烹着姿の文子がいた。

「何してるの？」

「ちょっと」強張った笑みを向ける。「今日から店を開けるって親父は言ってたけど、おばちゃんは今から仕事？」

「早めの休憩よ」

「そっか、うちの店は午前七時からだもんな。で、何？」

「ご飯は？」

腕時計を確認すると、午前十一時だった。俺のことを気にかけてくれたのか。

「今は、いいや」

「お父さんの店で何か食べたら？」

「……親父はどうしてる？」

「そうね」文子は考える。「いつもと変わらないようだけど、やっぱりどこか違うわね。いつもと変わらないようにしようと踏ん張っているみたい。わたしにはそう見える」

おばちゃんがそう言うのならそうなのかもしれない。しかし、俺は母親が死んだ次の日もうどんをこねる父親の姿を見ていた。母親が死んでも、親父は平気な顔して日常をつづけた。父親はそういう人間だ。

「お父さんだって当然、悲しんでいるわよ」

俺は深く悲しんでいるだろうか。当然のことができているのだろうか。

「今からどうするの？」文子が訊ねる。「まだ東京には帰らないんでしょう」

「ちょっと出かける」

「どこに？」

この感覚は久しぶりだ。母親のようでくすぐったくなる。

「仁亜と散歩」

「……それは、どういうこと？」

文子の顔に憐れみの色が滲んだ。

「昨日から玄関に待たせてるんだ」

「健ちゃん」文子が言葉に迷う。「大丈夫？」

「……たぶん」

携帯用カセットプレイヤーに乾電池を入れた。ヘッドホンを耳に装着し、試しに背に『0』と書かれたテープを入れて再生してみる。

生後数週間目の仁亜の元気な泣き声が聞こえた。何が不満で、何がそんなにつらいのか、声を上げて泣いている。自分の命があと十九年だと知っているわけでもないだろうに。

携帯用カセットプレイヤーは壊れていないようだ。

カセットテープを『番外編』に入れ替えた。鼓動が速くなるのを感じた。再生を押す。「兄貴、散歩に出かけよう。玄関で待ってる」と昨夜と同じように、弟の声が流れた。

目の前に玄関があるのだが、もちろん仁亜の姿はない。信じていたわけでも、期待していたわけでもないが、残念になった。痒《かゆ》いわけでもないのに首筋を掻く。

玄関に座り、シューズの紐を結ぶ。こちらの準備が整うのを待つように、仁亜の声は聞こえてこない。耳に届くのは小さなノイズだけだ。

玄関の扉を押し開けた数秒後、ヘッドホンから同じ音が聞こえた。「行ってきます」と仁亜が誰かに声をかけている。

空は青く、湿気も少ない。頬を撫でる風は柔らかい。四月後半の時期としては気温が高いが、激しい運動でもしないかぎり汗が流れることはないだろう。

マンションの敷地を出て立ち止まると、「右に行こう」という仁亜の声が同時に聞こえた。しばらく進むと小学生時代のクラスメイトの家が変わりなくそこにあり、ベランダに干された洗濯物が目に入る。子供服が風に揺れ、駐車場には泥まみれの三輪車があった。

俺もそういう幸せを手に入れてもいい年齢か……。

仁亜の指示は絶妙なタイミングで聞こえてくる。交差点に入ると、「ここは真っ直ぐに行こう」だとか、二又に分かれた道に出ると、「これは左」といったように、迷うとすぐに答えが返ってくる。

今俺が見ている風景を見ながら、仁亜も歩いていたんだ……。小さな頃は俺のあとを追いかけるのもやっとのはずだったのにな。

「兄貴、このへんもずいぶん変わっただろ」と声をかけられる。

「だな」

思わず普段の調子で答えた。周りには誰もおらず、乗用車が一台通り過ぎただけだ。不審者と思われる心配はなさそうだ。

「見てみろよ、兄貴。あんなに家が建った。昔、あのへんは空き地だったよな」仁亜の声は腹立たしそうだ。「あ、そうだ。びわの木があったのを覚えてるか？」

俺は視線を左前方に向けていた。新築の匂いが漂ってきそうな、真新しい家が密集して建っている。新鮮さや若さと一緒に、荒々しい勢いのようなものが感じられ、圧迫感があった。

あそこが広大な空き地だった頃はよく野球をやったものだし、夏には草むらに入って虫を追いかけたものだ。しかし、それが今では見る影もない。

びわの木のことも覚えていた。それは空き地の隅に直立していた。六月になると球形で黄色に熟した果実が実をつけ、よく失敬したものだった。桃のような細かな産毛で覆われた皮を剝くと、水分をいっぱいに含んだ果肉が露になり、豪華なおやつだった。

遊び場だったところが知らない誰かの生活の場に変わり、びわの木があった奥は舗装された立派な道路へと変わった。そこに空き地があったことなど忘れたように、皆平然とその光景を受け入れているようだ。

「あのびわ、もう一度食べたいよな」仁亜が言う。「俺なんて、この道を通るたびに思い出すんだ。どうだ、兄貴も思い出したか」

今思えば店で買ったびわのほうが甘かったのかもしれないが、俺たちにとって空き地のびわは最高に美味かったんだ。

「変わるのは仕方のないことだけどさ、変えちゃいけないものってあると思わないか。発展や進歩のためにすべてを受け入れてちゃ取り返しのつかないことになるんだよ」

仁亜らしい考え方だ。

「知ってるか、兄貴。俺がびわを好きになったのは、あの木のおかげなんだ。好きな食べ物は？って質問されたら、迷いなく『びわ』って答える。そのくらい好きなんだ。それなのにもうないんだぜ。一番好きなあのびわ。もうどんなびわを食べても、あんなに感動することはできない。俺はこれから一生、二番目のびわを食べなくちゃいけないんだ」

記憶が美化されているな。

口元を柔らかくして笑ったが、深く頷いた。もう口にすることのできないびわは俺にとっても一番だ。

一番というものはきっと空き地の隅に立つびわの木のように目立たず、見つかりにくいものが多いのだろう。なくしてからでないと、それが一番だと気づかないものもある。そんなものたちが利便性を重視した変革の巻き添えになれば、俺たちの周りには二番以下のものしか残らなくなる。

「嘆かわしいな、弟よ」

「兄貴、次は寿商店街に行こうか」仁亜の指示が聞こえた。「財布は持ってきたか。

前田精肉店のコロッケは昔と変わらず絶品。一番だ」

一番が残っていた。俺は少しだけ歩調を速める。

寿商店街は昨夜と違い、静かな活気に包まれていた。買い物客はまだ少ないようだが、店舗のほうは迎える準備がすでに整っている。惣菜店では田舎料理の数々が湯気を立てていたし、生花店ではしわがれた声を張り上げ、店主が呼び込みをしていた。

道の両端に小さな商店が四十店舗ほど並んでいる。商売を諦め、シャッターのままの建物もある。ここでも庶民的な商店街は郊外型大型店舗と地道に厳しい生存競争を戦っているのだろう。

串カツ店の次女が離婚した、クリーニング店主は鬘《かつら》だ、衣料品の女店主は整形手術をしている、など仁亜は真偽のほどが定かでない情報をべらべらと喋る。クリーニング店の店主を見かけて、思わず噴き出してしまった。

いい香りが鼻をくすぐり、腹の虫が騒ぐ。俺は仁亜の声を止めてヘッドホンを外した。コロッケなどいくつか購入する。運よく出来たてのものにあたり、はふはふと熱気を逃がしながら齧《かじ》りついた。

再生を押し、再び歩き出す。

「散歩をしながら食べるコロッケは格別に美味いよな」と仁亜が言ったので、頭を縦に揺らした。

仁亜の話は途切れることがない。

四つ葉のクローバーという店名の喫茶店の前を通った際、「なかなか見つからないものが幸運の象徴って納得いかないよな」と仁亜は言ったりもした。「幸運を手にすることは難しいってことなんだろうけど、象徴くらいはどこにでもあるものにしてほしいよ。四つ葉じゃなく三つ葉ならすぐに見つかって幸せな気持ちになれるのに」

何だそりゃ。幸運の象徴がそのあたりに転がってちゃ日常に埋もれて、それが幸運の象徴だとも気づかないだろ。幸せな気持ちにもならない。

「あ、商店街の奥にパチンコ店が見えるだろ」

話題がどんどん変わるな……。

視線を遠くへやると、確かに見えた。大きなパチンコ店ではなく、看板の『パ』の文字が剝がれそうで、外壁は煤《すす》け、新装開店や新台入れ替えなどとは無縁の様相だった。

「そこに向かって」

俺は弟の言葉に従い、商店街を外れるために窮屈な路地に入る。

「パチンコといえば、ニュージーランドの友達がこっちに遊びに来たときのことなんだけど、面白いことを言ったんだ。パチンコ店を見た友達が片言の日本語で、『これは何を作っている工場なんだ？』って訊いてきた。彼には、あの騒がしい音と整然と並べられたパチンコ台の前で真剣な顔をしている人たちが、流れ作業をしているように見えたんだってさ」

　ここからその姿を窺うことはできないが、パチンコ台の前に座る者たちの目からは高熱を伴った濃い光が放射されているだろうし、それは仕事に従事しているときの熱に勘違いしてもおかしくはなかった。

　路地を抜ける。

　改めてパチンコ店の建物を前にしてみると、玉が弾け飛ぶ音が聞こえそうで、工場っぽいかもしれないな、と腕を組んだ。

「店に入って」仁亜が指示する。「ここは俺が必ず立ち寄る散歩コースなんだ」

　弟にパチンコの趣味があったとは知らなかった。一時期は俺も毎日のように通っていたので偉そうなことを言える立場ではないが、少年期の彼しか知らないから不釣り合いに思えた。

　店内に入ると、緩い冷房の風と騒々しい音楽に包まれる。店の中をそのまま真っ直ぐに進むように、という仁亜の声が微かに聞こえた。そのあとにも声が聞こえたが、何と言ったのか聞き取れない。いったん外に出てテープを巻き戻す。

「トイレの前まで行くと、隣に従業員専用の扉があるから、そこから中に入るんだ。

それから裏口に向かう」

パチンコはしないのか。それよりも、勝手にそんな場所に入ってもいいのか？けれど、仁亜の散歩コースには興味があった。行かない、という選択肢は浮かばない。いったんテープを止めると店内に戻り、再び喧《やかま》しい音楽に聴覚を台無しにされる。トイレの前まで行くと、隣にクリーム色のドアがあった。ノブが錆びている。従業員専用というプレートが貼られ、従業員でも客でもない、ただの散歩者である俺のことを牽制する。

ドアを押し開けて閉めると、耳障りな音楽も遠くなった。テープを再生する。

「裏口は通路に入ってすぐだ。非常口の表示があるドア」

すぐ、って言われても、左右どちらに行けばいいんだ。耳を澄ますと右側から話し声が聞こえ、弾けるような笑い声も聞こえた。

左だな。足音に気をつける。

奥にドアがあり、なるほど非常口の表示が天井の近くにあった。

「そこから外に出るんだ」との指示。

だったら店内に入らなくてもよかっただろ。

慎重に扉を開けると、埃《ほこり》の混じった風が鼻先を撫でる。隣接する雑居ビルが迫ってくるようで狭苦しかった。

視線を通りの方向ではなく、逆へと動かすと水色のポリバケツとエアコンの室外機があった。「大きなゴミ箱があるだろ」と仁亜の声が聞こえる。「その上に猫がいるはずだけど……」

確かに、いた。大きな猫だ。

それは身体の大きさだけでなく、その態度や威嚇するような唸《うな》り声も含めての感想だった。艶のない硬そうな毛は異常に長く、背中を中心に広がるぶち模様が印象的だった。目はとろりとして恍惚とした表情にも見えるが、眠そうでもある。瞳はオリーブ色で、怪しい魅力を漂わせていた。

いなかったらどうするつもりだったんだよ。

「紹介するよ」仁亜の声が改まる。「彼は、工場長のキング」

仁亜の声につづき、猫がふてぶてしく鳴いた。

「前田精肉店で骨付鳥の唐揚げを買ったか？　キングの好物なんだ」

「そういうことか」合点がゆく。「これはそのための唐揚げか」

「工場長と初対面なのに手ぶらでは失礼だろ、兄貴」仁亜が笑う。「ちゃんと挨拶してくれよ。俺が恥をかく」

猫の世界の礼法には精通していない。袋の中からまだあたたかさを残す骨付鳥を取り出すと、キングが短い首を伸ばした。

「唐揚げの衣は外してくれよ。キングがこれ以上太ると困る」

注文が多いな。仕方なく裸の骨付鳥をポリバケツの上に置いた。

貪りついて食べるのかと思ったが、キングの食事はとても静かで優雅に見えた。前足で骨付鳥を固定し、少しずつ啄《ついば》むように食べる。その様子がどこか愛らしくもあった。

「よお、仁亜の兄だ。弟が世話になったようだな」

下らない、と思いながらも猫に頭を下げることを楽しんでいた。

キングは食事の手を休め、仁亜はどうした、という顔をする。ごろごろと喉を鳴らした。

溜め息のような重苦しい空気が、俺の脳天を直撃する。肩が重くなった。伝えなければならないだろうな。テープの再生を止めた。

「仁亜は死んだ」

キングが動きを止める。じっとこちらを凝視した。言葉を理解し、さらにそこに嘘や冗談が混じっていないかと探るような雰囲気があった。

けれど、そのどちらもみつけられなかったようで、キングはつまらなそうに小さく鳴いた。そして、再び骨付鳥に噛みつく。

弟の死よりも骨付鳥か……。責めたいところだったが、あることに気づく。

キングの背中が先ほどよりも丸まっている。しかも食べ方が先ほどよりも雑で、大口を開けている。聞かされたその事実をどう受け止めればよいのか、それがわからずに目の前にある骨付鳥に嚙みついたような、そんな雰囲気があった。

「ちゃんと動揺してるじゃねえか」

食べ散らかした骨付鳥を眺めながら胸が締めつけられた。お前は成長した仁亜のことを俺よりも知っているんだな。そう思うと悔しい気持ちにもなる。

猫が人間の言葉を理解できるはずもねえか。

そのように心の中でつぶやいたのは、猫への対抗心からだ。

ガシャン、と鉄格子の扉が開くような音が響いたのは、その直後のことだった。俺とキングは同時に、その音の正体を探ろうと首を振る。

パチンコ店の裏口ドアが開き、そこから黒服に赤い蝶ネクタイをした若者が出てきた。従業員専用の通用口から出てきたわけだし、パチンコ店の店員に違いない。十代後半くらいで、細い目が眩《まぶ》しそうにも睨《にら》んでいるようにも見えた。

半透明のゴミ袋を持っているということは、用事があるのはキングの下のポリバケツだろう。

少年がこちらの存在に気づき、声を出して大袈裟に驚いた。

「悪い」俺は軽く謝罪した。「驚かせるつもりはなかった」

「何やってんだ、あんた」

少年の声はまだ動揺を引きずっている。

「散歩」

正直に答えたが、信じてもらえないだろう。

「嘘つけ」と少年が嫌な顔をする。そして、視線をキングのほうに移したかと思うと
「あー」と声を上げた。「いつもこいつに餌をやってるのって、あんたかよ」

「いや」

誤解だ。おそらく餌をやっているのは仁亜で、弁解してもよかったのだが、そうなれば弟の死のことも話さなければならない。それは面倒だし、面識のない者に弟の死を告げるのははばかられた。

「迷惑だったか？」

「迷惑に決まってんだろ」少年が唇を突き出す。「あんたが餌をやるから、こいつはここから動こうとしないんだ。偉そうに座りやがってよ、ゴミを捨てにきて追い払おうとしても知らん顔だ。それに、赤ん坊が喉を押さえつけられたような声で鳴くし、気味が悪いんだよ。俺たち従業員はここから出入りするんだが、監視されているような気分になる」

「だったら、そう言ってやればいいだろ」

「言う、って誰にだよ」

少年が眉間に皺を寄せ、怪訝な顔をする。

「その猫に」俺は視線でキングを指す。「はっきりと言ってやれ」

「こいつにそんなことを言っても理解できねえだろ」少年の語調が荒くなった。「猫だぞ」

ふにゃーご、とキングが野太い声で鳴く。骨付鳥を咥《くわ》えたまま立ち上がり、地面に降りた。いや、落ちた。何かを伝えようとしているのか、少年を見上げる。

「へいへい」少年が後頭部を掻いた。「さっさとゴミを捨てて働けっていうんだろ」

キングが頷くように首を振ったのはおそらく偶然だろう……。

少年はポリバケツの蓋を開けるとゴミを投げ入れた。

「お前は何様だよ」猫に対して舌打ちをする少年の姿が微笑ましい。「あんたもさ、もう餌をやらないでくれよ」

「ああ、わかった」

少年が店内に消えると、キングが再びポリバケツの上に戻った。階段のように重ねられた木箱に上り、室外機の上に出るとそこから身体を伸ばし、器用にポリバケツの上に移る。のろい動きだったが、何度も繰り返されたのだろうとわかる慣れた動きだった。

「なるほど、工場長か」

仁亜が言った言葉の意味が理解できた。パチンコ店は工場で、それからこの猫は従業員を監視する長なのだ。そう思うと、そのふてぶてしい態度にも納得がいくから不思議だ。

同時に、愉快な心地にもなる。人間に幻滅しているわけではないが、とりとめもない出来事によってバンド仲間と解散し、努力を無駄にされて人間関係に少々疲弊していた俺としては、人間よりも立場の偉い猫という設定が何とも爽快な気分にさせた。

いつまでも仕事の邪魔をしてはいけないだろう。その場を離れることにした。

「またな、キング」と声をかけると、キングのオリーブ色の瞳が俺を飛び越えた背後に向けられているのに気づいた。誰かいるのか、と素早く踵を返すが、何者の姿もない。縄張りを荒らしにきた猫や興味津々に覗き込むカラスの姿もなかった。

向き直ると、キングはまたとろりとした目をしていた。前足に顔を乗せる。

「何を見たんだ？」

もしかして仁亜がいたのか。そう質問したいところだったが、呑み込んだ。

幽霊や魂の存在をいままで一度も身近に感じたことはない。改めて別れの挨拶をすると、背中を向けた。

路地を出ると、テープを再生した。

「不細工だけど面白い猫だろ」という仁亜の言葉に頷いて同意する。「俺のお気に入りなんだ」

「それで、なんだけど……」仁亜の声が急に遠慮がちになる。こういう声調のあとにつづく言葉は相場が決まっている。「兄貴、頼みがあるんだ」

そら来た。「何だよ」と嫌な顔をするが、おそらく俺は弟の願いを拒絶できない。一方的なカセットテープからの願い。亡くなった人間からの依頼。たったひとりの弟の頼み。それはどうしようもなく、強い。

「キングのいるゴミ箱の向こうを覗いてみてくれないか。右側の壁の下に大きな穴があるだろ」

慌ててテープを停止した。振り返り、再び路地に進入する。キングが鶏の骨をしゃぶっている。また来たのか、という目だった。

「悪いな」

覗き込むと、確かに穴があった。小さな動物が抜けられる程度の大きさがある。ブロック塀の向こう側は雑居ビルの駐車場となっているようだ。

キングの通り道だろうか。再生ボタンを押す。

「その穴を塞いでほしいんだ。キングが迷惑してる」

どうして？

「そのあたりにブロック塀の破片があるだろ。適当に突っ込んだり、積んだりしてさ、穴を塞いでくれよ」

そんな簡単なことでいいのか。そのくらい自分でやれよ。

しかし、拒むことはできない。弟はそんな簡単なことさえ、もうできないのだ。

キングの脇を通り抜けると膝を折り、割れて半分になったブロックの欠片を積み上げる。隙間には小さな石を詰めた。

「あれ」という声がして振り向くと、先ほどの少年が立っていた。煙草を咥えている。

「まだいたのかよ、あんた」

「仕事を押しつけられた」

「こいつに？」

少年がキングを指差す。

「まさか」

「だよな」少年が口元を緩める。幼さが際立った。「で、何やってんだ」

「穴を塞いでる」

「何のために？」

弟からその説明はなかった。

「そこから犬が出てくるからか？」

「犬？」

「ワンワン鳴く動物だ。そこはよ、このあたりの野良犬の通り道になってんだ」

それで理由がわかった。仁亜の犬嫌いは筋金入りだった。一度でも野良犬を見かけた場所には行かないし、犬が飼われている家は避けて歩くほどだった。昔ほどの恐怖心はなくなったようだが、五歳の頃に腕を噛まれたのが原因で、二十歳近くになっても犬嫌いを完全に克服することはできなかったようだ。

「何が可笑《おか》しい？」と少年。

「……弟のことを思い出した」

「どうしてそこで弟が出てくるんだよ。弟は、犬なのか？」

「そんなわけない」短く笑う。「けど、思い出したことがある」

「何？」

「俺の弟は記憶力がいい」言いながら昔のことを思い出した。「俺が実家を飛び出すとき、『困ったことがあればいつでも言え』って兄らしいことを言ったことがあるんだ。そういうことが言いたくなったんだな、そのときの俺は。それを覚えてて、弟は頼ってきた」

「頼ってきた、って何を？」

「まあ、いろいろとな」と曖昧に答えた。

いろいろって何だよ。そう質問を重ねられることはなかった。煙草を吹かし、少年は別のことを言う。

「兄貴ってのも大変だな。弟って鬱陶《うっとう》しいだろ」

「そうでもねえ」笑みを向けた。「意外と嬉しいもんだ」

「へー」少年は声を伸ばすと、「俺にも兄貴がいるんだけどさ」と照れくさそうに鼻を触った。「今度、頼ってみようかな」

「それがいい」強く頷いた。「お前の兄貴は、渋い顔をしながらもきっと喜ぶ」

散歩を再開する。仁亜の指示に従って歩き、十字路を左折して幅広の通りに出ると、郊外に向かって進んだ。途中、横断歩道を使って向こう側に渡ると細い道に入る。建物の陰に入ったので涼しく感じられた。

このあたりは、俺と仁亜が通っていた小学校に近い。懐かしい。ザリガニを捕まえながら帰った用水路はそのままだったし、お化け屋敷と呼ばれていた家は外壁が崩れ、大きく樹木が成長していたが、その異様さを残したままだった。

一方で、コンビニができていたり、道が広くなっていたりと変わっているところもある。知らない土地を歩くのは不安だけど、記憶に残る風景と微妙に変わってしまった道を歩くのも、同様に落ち着かない。

「次の角を左。ポストが立ってるところな」と仁亜。「すると右手に二階建てのアパートが見えてくる。工場の隣だよ」

すぐに見つけた。まず工場の看板が目に入り、二つ並んだ倉庫の中にばらされた車があって、視線をさらに先へ向けると、木造のアパートが建っていた。

老朽化の進んだアパートの板壁は濃い煤竹色をしていて、奇妙な光沢を放っている。建物を囲むブロック塀が一部崩れ、外に剝き出しになった鉄筋製の階段は遠目に見ても錆びついている。一階に五部屋、二階にも五部屋。近づくと『光風荘』と読めた。

「アパートの102号室を訪ねて」仁亜が言葉をつづける。「紹介したい人物がいるんだ」

俺は困惑する。これは散歩のはずだろ。猫を紹介されるのは散歩中のイベントとして受け入れられるが、人を紹介されるというのはどうなんだ。

「兄貴に危害を加えるような人物じゃないから、大丈夫。ただの友達だ」

「ただの友達なら、興味はねえぞ」と俺は唸った。

ここだけ早送りしようかとも考えたが、ルール違反のような気がした。ルールを破るということは仁亜を裏切るということで、きっとそれをやってしまうと俺は仁亜に幻滅される。弟のそんな姿を見るのは、兄として情けない。

「わかったよ、わかった」

胸に溜まった空気を鼻から盛大に抜いた。

アパートの敷地内に入ったところで、「ちゃんと言葉は通じるから」と仁亜の謎の発言が耳に届いた。

怪物でも住んでいるのか。１０２号室の表札を見るが、名前は出ていなかった。恐る恐るインターホンを押す。ブウー、と力が抜けそうな音が響き、不正解を選択した気分になった。テープを停止し、ヘッドホンを首にかけた。そういえば、留守ならどうすればいいんだ。

「新聞いりませーん」

ドアが開き、能天気な声とともに部屋の主が現れた。

その人物を見た瞬間に、会話ができるのかと心配になる。一つ目の妖怪でもなければ、泥酔した人間でもなかったが、彼は日本人ではなかった。

色素の薄い小さな瞳がこちらを眺める。身長は高いが、針金に薄く紙粘土を巻きつけたような身体つきで、頼りない案山子《かかし》に似ていた。鼻が大きく、彫りが深い。かなり年上に見えるが、服装や雰囲気から察しておそらく同年代だろう。

「今日の新聞屋さんは、仁亜のお兄さんに似ていますね」

日本語を覚えたばかりなのか、発声の抑揚が独特だった。

「……俺を、知ってるのか」

「何を言ってますか、お兄さん。仁亜のお葬式、ワタシ、行きました」

気づかなかった。なにせ俺は弟の遺影ばかり眺めていて、参列者の顔など気にもしていなかった。「そりゃありがとう」

「ありがとう、いりません。仁亜とはフレンド。当たり前です」

「そうか」その言葉を聞いて嬉しくなる。「俺は、佐草健太郎だ」

「ワタシ、エリック・ギブソン言います。アメリカ人。エリックと呼んでください」

「そうか、エリックな」

金髪の前髪がくるりと捻れて垂れ下がり、それがまた外国人らしい。その色のせいなのか、毛髪の細さのためなのか、素肌が透けて見えた。

こちらの視線に気づいたようで、エリックが髪の毛を掻き上げた。

「お兄さん、今日はどうしてエリックのところに？」

俺はこれまでの経緯を大まかに話して聞かせる。仁亜の友人である彼には聞く権利があると思ったし、ここに導かれるまでのいきさつくらいなら喋っても仁亜は怒らない気がした。先ほど訪ねた猫のキングのことも簡単に話す。

「面白いですね」エリックが愉快そうに手を打ち鳴らした。「とても仁亜らしい。ワタシもやりたいです、散歩」

その申し出は断った。仁亜は兄である俺との散歩を想定していて、だからこそ言えることもあるだろう。これから先、友人には聞かれたくないことが出てくるかもしれない。

「残念です。もう一度、仁亜と遊びたかったです」

「悪いな」

「あ、そうだ、お兄さん。ワタシ夜まで暇です。部屋に上がりませんか、話をしましょう」

突然の誘いに、戸惑う。散歩の途中だ。すぐに断ろうと思ったのだが、しかし彼は仁亜の友人でもある。無下に断ることもできない。「仕事は休みなのか」と取りあえず訊いてみた。

「仕事は夜です。ワタシ、近くのビルディングで英語の先生しています。修学院ビル、知ってますか」

知らないが、「ああ」と頷いた。

「今日は夜の教室。今は暇なのです」

躊躇《ためら》っていると、エリックが片足を後ろに引き、半身になって部屋に迎え入れようとする。さあさあ、と急かす。

「ワタシ、仁亜のお兄さんと話したいです。仁亜はとっても楽しい人。きっとお兄さんも同じ。さあさあ」

「プレッシャーだな」引き攣《つ》った笑顔が広がった。「仁亜ほど変人じゃねえ」

「ヘンジン……何ですか、それ」意味がわからなかったらしく、エリックは首を傾《かし》げる。けれど、その意味を知ることよりも俺を部屋に引き入れることのほうが重要らしく、「さあさあ」と腕を摑んで引っ張った。

「少しだけ」と承知したのは、エリックの勢いに負けたからじゃない。少し待ってくれ、とカセットテープを再生したからだった。紹介だけなら帰ろうと思っていたのだ。

「エリックと話をしてみてよ。散歩はまたあとで」

仁亜の声は弾んでいる。これも散歩の一環ならしょうがない。

靴を脱ぎ、小さな台所を抜けると生活スペースに入った。俺はその部屋に足を踏み入れた瞬間、知らない世界へと飛ばされた気分になり、視線をきょろきょろと忙《せわ》しなく動かす。

そこはエリックの生活の中心が何であるのかを、一瞬で把握できる場所だった。八畳ほどの部屋いっぱいに止められない想いが溢れ出している。

笑顔を振り撒く少女や西洋の鎧を身につけた凛々しい少年のポスターが、いたるところに貼られている。ベッドの上では短いスカート姿の少女がプリントされた抱き枕が横たわり、ガラス戸の棚には多くのフィギュアが並んでいた。仁亜が集めているような人形ではなく、可愛らしいポーズで微笑む女の子のものだ。露出度の高い官能的なものもある。

残念ながら俺にはそのよさが理解できず、眼前の光景が不気味に映った。

「これ全部、エリックのものなのか？」

「そうです」エリックは誇らしげに胸を張る。「あれが」と少女が三人描かれたポスターを指差し、右から順番に彼女たちの名前を教えてくれるのだが、俺に覚える気などなく、そうか、と他所を見て頭を揺らした。

天使のような翼を背中から生やした少女のステッカーが、テーブルに貼られている。俺たちはそんなテーブルを挟んで腰を下ろした。部屋の中には多くの目があり、その目がことごとく大きく、息が詰まりそうだ。

エリックは飽きることなく、彼女たちを紹介してくれる。

どの顔も同じだろ。髪の色や服装だけが違うように見えるのは歳のせいなのか。

彼の趣味や嗜好を批判するつもりはない。ただその熱意が凄まじく、圧倒され、少々鬱陶しくなる。ずっと「興味がねえ」というメッセージを気のない相槌と視線に込めているのだが、彼は気づかない。ますます自分の世界に没頭していくようだった。

「悪いが、窓を開けてくれないか」とお願いする。

エリックは部屋の奥にある小さな窓ガラスをスライドさせた。

　穏やかな風が部屋の空気を掻き混ぜ、遠くから車のクラクションが聞こえた。日常はすぐそばにある。そんなことを感じただけでほっと一息つけた。

「お兄さん、あれを見てください」

　エリックが部屋の隅を指差す。そこにもやはり女の子がいた。ほかのものより小さく、大切なものなのか額に入っている。

「仁亜が描いてくれました」

「仁亜が？」

　顔を近づけてみると、なるほど手描きのようだ。胸の谷間を強調した服を身につけ、その胸が不自然に大きい。あれで正解なのか？

「格闘ゲームのキャラクターです」エリックは彼女の名前を口にしたが、聞き逃した。

「ワタシの一番好きなキャラクターです」

「仁亜は幼い頃から絵が上手かった」

「仁亜もそう言ってました。自慢です。だからお願いしました」

「仁亜が小学生の頃、コンクールで入賞したことがある。メダルを貰って喜んでたよ」

　当時のことを懐かしく思い出した。「高校一年生だった俺は素っ気なく、褒めた。羨ましかったんだ」

「メダルがほしかったですか？」

「いや、羨ましかったのは仁亜の才能だ。絵の才能。俺には何もなかったからな」自嘲気味に笑った。「けど、そのときの仁亜もエリックと同じように勘違いしたらしくて、折り紙でメダルを作ってくれた。銀色の折り紙で、小さなメダルを」

「優しいですね、仁亜」

「ああ、優しいな。『金色じゃねえのか』って不満げに言う俺に、『金色の折り紙は使ってしまった』って申し訳なさそうな顔をしてたよ。あとで話を聞くと、親父に金メダルをあげたんだと」

「仁亜にはお兄さんよりも、お父さんのほうが頑張っているように見えたんですね。だからお父さんが金メダル」

時を経て、美少女アニメ好き外国人に教えられる。納得できるか。

「金と銀の違いってそういうことなのか」

「何を言いますか、お兄さん。一位と二位の間にはれっきとした努力の差があります。頑張ったほうが、金。努力が足りなかったほうが、銀。これは間違いないです」

母親が亡くなって以来、俺は周囲としょっちゅうぶつかっていた。口を開けば愚痴と不満が出る。そのくせ自ら改善しようと行動しない。苛立ち、当たるだけだ。

「……銀メダルでも出来過ぎかもしれねえな」

「兄弟っていいですね。ワタシにはいません」

「エリック、兄弟っていいものかもしれねえな」

今さらながら思った。

「これでお兄さんの家族、二人です。お母さんのことは仁亜から聞きました」

「……十三年前の話だ」

「そうですか。お母さんのことを話すとき仁亜は怒っていました。お兄さんはもう怒っていませんか？」

「怒り……」

つぶやくが、烈火のごとく燃え上がる炎を胸の内に見つけることはできなかった。

「殺人、病気、事故」エリックが言葉を並べる。「人はいろいろな原因で死にますね。死の原因によって怒りや悲しみは変わりますか」

ごめんなさい、とエリックが頭を下げる。

無意識に睨んでいたようだ。母の死、弟の死に違いがあるはずがない。どちらも大切な家族だ。

「ゲームセンターで困っているワタシに、優しく声をかけてくれました」

「何の話だ？」と不機嫌に訊ねる。

「仁亜の話です」

雰囲気の悪化を察して話題を変えたわけか。

「日本人はいい人と聞いていたのに、スタッフは無視です。声をかけたのに知らないふり。ワタシ、日本人を嫌いになりそうでした」

「仁亜は日本人の名誉を守ったってことか」

「そうです、守りました」

それからエリックは強い口調で、日本人は仁亜に感謝しろ、と言った。

表情を崩した。と同時にふと疑問が湧き、「仁亜は何語で話しかけたんだ?」と質問する。

「英語です。日本に来たばかりのワタシは日本語できません。だからゲームセンターのスタッフ逃げました」

弟よ、英語を話せたのか。仁亜はニュージーランドで失恋の傷を癒す糸口を見つけ、羊を数えても眠くならなくなり、そして英語を習得した。素晴らしい成果じゃないか。

では、どうして英語を話せることを言わなかったのか。

正解ではないかもしれないが、想像はついた。不純な動機で留学をしたにもかかわらず、英語を身につけてしまった。そのことが仁亜には恥ずかしいことのように思えたのかもしれない。そういうつもりではなかったのに英語が上達してしまい、凄いじゃないか、と周りから言われることに抵抗があったのではないか。

あり得ない理由だがしっくりときた。弟は変わった男なのだ。

喉の渇きを感じた。飲み物を頼むとエリックが茶を注いでくれる。

「エリックは何で日本に来たんだ？」疑問に思い、質問した。「まさか日本のアニメやゲームが好きだからってわけじゃないだろ」

「どうして、『まさか』ですか？」エリックの声が高くなる。「日本人はアニメーションやゲームを自慢に思ってませんか」

「いや、文化だって言ってる奴もいるくらいだからそうかもしれねえが……」

エリックが大きな溜め息を落とす。

「日本のゲームセンターは素晴らしいです。ワタシの国にもゲームアーケードありますが、まったく駄目ね。ほかの国には真似できない。ワタシ、かっこいいと思いました」

「だから日本に？」

「はい。日本に旅行に来たとき、一度だけゲームセンターに行きました。そのときのことが忘れられませんでした」

「待て、エリック」俺はそこで考えをまとめる。「もしかして、ゲームセンターでゲームをするために日本へ来たのか」

エリックが頷く。その行動が重要な任務であるかのような表情だった。

「ただそれだけのために、はるばるアメリカから？」

「はい、はるばる」

「仕事はどうした」焦った気持ちになった。「アメリカでも仕事はしてたんだろ」

「システムエンジニアです」

「その仕事はどうした？」

「辞めました」

当然だろ。そう言いたげだった。

「……信じられない」

「信じてください。ワタシは日本にいます」

あんたがこの場にいるから信じられないんだ。

「だったら、どうして東京じゃない？　日本のそういう文化が好きなら秋葉原って街が有名だ」

「行きました、秋葉原。でも、東京怖いですね」エリックがしゅんとする。「はじめて日本に来たとき、怖い人たちにお金を盗られました」

「そりゃ運が悪かったな」

「東京も香川も、ゲームセンターに変わりはありません。日本はどこに行っても、ゲームセンターあります。ゲームセンター天国です」

苦笑する。「で、何で香川県なんだ？」

「ガイドブックに、真っ白いヌードルありました。うどん、ベリーナイス。エリックのお気に入りです」

「それで決めたのか」

「決めました」エリックが笑顔を滲ませる。「うどん、美味しい。ゲームセンター、ある。お金、盗られない。アニメーションもコスプレも楽しめます」

その幸福感を大袈裟に腕を動かして表現してくれるのだが、なぜだか祝福する気にはなれなかった。変わった男の友人はやっぱり変わってるな、弟よ。

「もう一度だけ確認するぞ。エリックはゲームセンターでゲームをやるためにはるばるアメリカからやって来たのか？」

「その通りです」

世界は広い。こんな人間がいてもおかしくはない。そう言い聞かせる。

「それにしても気楽なもんだな。家族は反対しなかったのか」

高校を卒業し、東京に出ると言い出した際のことを想起した。馬鹿、間抜けとまくし立てた親父は聞く耳を持たず大反対した。

「家族、反対です。でも、ワタシの心は決まっていました」

「さすが男だ」俺は相手を持ち上げるような調子で笑みを浮かべる。「エリックの父親はどんな顔をしてた？」

エリックが怪訝な顔をする。

「反対した家族、父親じゃありません。反対した家族……」

するとと彼は驚くことを口にする。

「妻です」

「嘘だろ」声を上擦らせた。「結婚してんのか」

「しています」

責任という言葉を知っているか。目の前の男は自分の欲求に素直な子供にしか見えず、結婚という言葉が上手く当てはまらない。とにかく彼は肩が軽そうだった。

はっとある可能性を思いつく。もしかしてエリックは現実世界と架空の世界を混同しているのではないか。彼にとってアニメのキャラクターは友人であり、恋人であり、妻なのだ。

「エリックの嫁さんはどの美少女だ？」

壁一面に貼られたポスターを見回した。

「お兄さん、面白いです」エリックが可笑しそうに笑う。「やっぱり仁亜と同じ」

俺の思いついた可能性というか、それは願いのような感情も含まれていたのだが、エリックが言う結婚とは、架空の少女との結婚ではなかったようだ。

「本当に結婚してるのか」

「妻はアメリカです。娘は三歳になります」

「こ、子供もいるのか！」

「結婚をすれば子供ができても不思議ではありません」

エリックは小鼻を膨らませ、むふふ、と笑った。

「それなのに日本へ来たのか」否定的な語調になった。「仕事を辞めてゲームをするためだけに」

エリックはことごとくこちらの想像を上回る。まさかそんなことはやらないだろうということを、彼はやる。その行動力には驚かされるが、やらないこととはやってはいけないことも含まれていて、そういうことの分別がついていないのではないか、と心配になった。

「エリックの家族は理解があるんだな。結局、日本に行くことを許してくれたんだろ。もしかして、リッチマンなのか？」

「お金ありません。日本に行くこと、妻は怒りました」

「正常な反応だ」

「だから離婚です」

「別れたのか？」

「日本に行くなら離婚。そういう話でした」

エリックは他人事のように話す。

「連絡は？」

「ありません」

「だったら日本に来なければよかっただろ。子供とだって会えなくなる」

「どうして、ですか」エリックが首を捻る。「ワタシ、日本に行くこと決めました。何があっても行く、と決めました」

「そこは考え直せよ」

「考える必要ありません」

「そうだよ、考えることなんてねえ。家族とゲームどっちが大切なのか、考えなくてもわかることだ」

「はい、わかります」

そう答えたエリックの目がちらっと部屋の隅にあるゲーム機を見た。それが答えか。なじりたくなるが、それすらもできないほど俺は脱力していた。

しかし、伝えるべきことは伝えておこうか。

「エリック、間違ってるぞ」

「やっぱり兄弟です。仁亜にもそう言われました。家族は大切にしろ、です」

「その通りだ」親父の顔を思い浮かべ、首筋がむず痒くなった。「で、エリックは仁亜にどう答えた？」

「もちろんです、と言いました」

「ん」眉根に皺を寄せ、顎を突き出す。「家族を大切に思ってるってことか？」

二番目に、という答えが返ってきたのでげんなりとする。一番は、自分の意思と欲求だろうな。

「その答えじゃ仁亜は納得しなかっただろ」

「笑いました」

「笑う？」

「羨ましい、と」

「どこが？」

「エリックは一番に囲まれてる。俺の周りなんて一番が消えて二番ばかりが増えてる、と仁亜は言いました」

「空き地のびわが食べられなくなったんだ」と教えてやる。

「何ですか、びわ？」

「俺もついさっき知ったんだが、仁亜の一番だ」

散歩をつづけ、弟の知人に会うということは知らない仁亜に触れることなのかもしれなかった。

はっとする。母と弟は大切な家族に違いない。けれど、俺は十年前、母の事件から距離を置きたいという思いもあり家を飛び出し、今は弟を知るために散歩をつづけている。

まったく反対のことをしているということか……。

母の死と弟の死に違いをつけているのは自分自身なのかもしれない。エリックはそのあたりの心情を敏感に感じ取り質問を寄越したのだろうか。

「一番がなくなるのは悲しいですね」とエリックが肩を落とした。

「それにしてもエリック、家族がゲームに負けたのか」

きっとエリックの妻も驚いたはずだ。わたしはゲーム以下なの、と。

「日本に来て、ゲームだけでなくアニメーションやコスプレも好きになりました。一番がどんどん増えます」

「仁亜とは逆か」

「逆ですね。一番に囲まれているワタシはすっかりオタク外国人です」

エリックが使う「すっかり」という言葉が可笑しく、思わず噴き出してしまった。もう笑わずにはいられないという心境でもある。

「楽しそうだな、エリック」

母と弟を失い、夢に挫折した俺と、家族と離れのんびりと自由を満喫している彼。

人生の過ごし方としては、どちらが有意義なのか。損しているような気がして複雑な気分になった。

「一番に囲まれるのはとても楽しいです」

「けど、エリックの家族は災難だな。家族の大黒柱が出て行ったんだからな。ゲームのことを、いや、ゲームセンターを作った日本人のことを恨んでるかもしれねえな」

「それはないです」エリックの声が弱くなった。「彼女が恨んでいるのは、ワタシ」

そこは理解してるのか。自分の決断は恨まれる行動だとわかっている。常識人らしき部分が見つかって、安心した。

「愛する人に恨まれるのは気分がいいものじゃねえだろ」

「恨まれるのは怖いです。嫌われるのは、つらいです」

よし、正常だ。そこであることを思いついた。

「エリック、トイレを貸してくれ」

「いいですが、すぐに返してくださいよ」

エリックが笑う。とても丸い笑顔だった。

トイレの壁にもキラキラと輝く少女たちがいた。これでは落ち着いて用が足せないが、便意を催したわけではなかった。

携帯用カセットプレイヤーを取り出すと、再生ボタンを押した。

「ああいう父親もいる」弟の声が聞こえる。「子供はたまったものじゃないよな」

その通りだ。

俺はその問いかけに立ち止まるような気分になった。まし、とは何と比べたんだ。

「ましじゃないか」

「無口で、頑固で、怒りっぽいけど、うちの親父のほうがましじゃないか。なあ、兄貴」

そういうことか。口元が緩む。

最低な父親と対面させ、親父と比較させる。そして、自分の境遇のほうがましだと自覚させる。仁亜は俺と親父を仲直りさせるつもりなのか。

「下手だな」とつぶやくが、仁亜の次の言葉に驚かされた。

「親父と兄貴はぶつかってばかりだ。だからって、仲直りさせようとしてるんじゃない。さほど会話もないし、顔を合わせるといがみ合ってるけど、二人の相性は俺なんかよりもいいと思ってるんだ。俺が間に入る必要はない」

では、仁亜はエリックとの出会いで何を伝えたかったのか。

「エリックは旅行で訪れた日本でゲームに出合い、かっこいいと思った。俺も思っちゃったんだよ」

後半部、仁亜の声は照れていた。

「まだ親父には言ってないんだけど、専門学校を辞めようと思う」

弟よ、何を言ってるんだ。耳に神経を集中する。

「あれはいつだったかな、早起きをしたんだ。午前五時過ぎ、いつもならもう一度眠るんだけど、その日は目が冴えてベッドを出た。それから腹が減ってるのに気づいたんだ。外に出て、うどん店に向かった。うちは午前七時からやってるだろ。裏口から店に入ると小気味いい音が聞こえるんだ。トントンって白衣姿の親父がうどんを打ってた」

幼い頃の記憶が甦る。あの頃はうどんを打つ音が、心地よい音楽にも聞こえた。

「窓から射し込む朝日を背中に浴びて、親父は一心不乱に手元を見つめてる。演出がかって噓くさいくらいに輝いてて、でも、俺はその光景に目を奪われたんだ。かっこいいと思っちゃったんだよ」

仁亜は親父の背中に憧れた。俺にはまったく想像できなかったが、仁亜は一瞬で心を激しく鷲摑みにされたらしい。あの頑固親父に、だ。しかもその想いは強烈なもので、専門学校を辞めることも考えている。

「あのさ、兄貴」仁亜の声が改まる。「俺、うどんの修業をはじめようと思うんだ。どうやら一番を見つけた」

深呼吸をするように、ゆっくりと息を吐き出した。

「兄貴、人生には今まで積み上げてきた努力を無駄にしても、別の道に進むべきだ、と思うことがあるんだな。もったいない、理解できない、って言われても、本人はその選択に確信がある。世界は一瞬で変革するし、それはこれまでの価値観を百八十度転換させるほどのパワーを持ってる。兄貴の一番と俺の一番、どっちが先にものになるかな」

一番か……。天井を見上げた。

俺の一番は音楽なのか。十代だったあの頃は確かに一番だった。住み慣れた町を捨てても音楽活動をしたかった。しかし、今はギターに触ることすら忘れている。

本当に一番だったのか。高校卒業を目前に進路が決まらず、うどん店を手伝え、と親父に一方的に将来を決められた気分になった俺は反発しただけじゃないのか。いつも頭の隅にあって離れない母親の事件から逃れたかっただけじゃないのか。

そう思い出すこともできる。一番ではなく、近くにあった摑みやすいものを逃げの道具として使ったに過ぎないのではないか。

東京に出ても目標に一途でなく、練習を疎かにすることは多々あった。オーディションに落ちても悔しさや焦りは薄かったかもしれない。十年近くだらだらと確固たる決意も熱意も才能もなく、一番でないものを追いかけた。

バンドの解散が決まってすっきりするはずだ。

「この決断はきっと天国の母ちゃんも喜んでくれる」と仁亜。

そうかもしれない。

「だから兄貴も頑張れよ。頑張れば、今度は金色のメダルをやるよ」

そりゃ魅力的だ。表情筋の緊張を解いた。親父が持っていた金メダル、本当は羨ましかったんだ。

それからテープを聞き進めてもエリックに伝えるべき言葉は出てこず、「彼に美少女キャラクターの悪口を言わないように」という注意があるだけで、「さあ、今度は」という言葉が聞こえたので、テープを停止させた。

なるほど、ここへ俺を誘ったのはうどん店の修業をはじめるという宣言をするためか。


トイレを出て部屋に戻ると、「大ですか」とエリックが訊ねてきたので、「中だ」と下らない対応をしてしまった。つづけて帰ることを伝えようと口を開いたのだが、そこで彼が「悲しいですか」と控えめな口調で質問してきた。

もう睨むことはない。

「……たぶん、な」

そう答えるのが精一杯だった。胸の中を掻き毟られるような激しい感情の落ち込みは、まだない。

「お兄さんの心は複雑ですか？」

「というか」俺は力なく笑う。「鈍感だ」

「ドンカン……鈍いですね。ワタシは鈍感の反対でした。仁亜が死んで、たくさん涙が出ました。今も、とても悲しい」

「俺は、まだだ」と告白する。罪を認めているような気分になった。

「どうして、ですか？」

「仁亜とは十年間、会ってなかった。記憶や思い出の量が悲しみに比例するなら、たぶん理由はそういうことじゃないか」

「ごめんなさい」エリックが難しい顔をする。「意味がわかりません」

「もっと仁亜と一緒にいてやればよかった。そういうことだ」

「そうですか……」

エリックが肩を落とし、その落胆にこちらが戸惑う。

「どうした？」

「ワタシがこのまま年を取って死んだとします。娘がそのことを知っても、お兄さんのように泣きません。そう思うと、寂しい」

「自業自得だ」

「……日本語、難しいです」

「そういう人生を、エリック自身が選んだんだろ」

弟が死んでもすぐに涙を流すことができない人生を、自分自身が選択した。俺は自分に向かってそう言った。

「そうですか」エリックが大きな溜め息を洩らす。「ワタシ、ひどいお父さん。どうすればいいですか、お兄さん」

知るか、と突き放せなかったのは、おそらく彼と自分を重ねたからだ。

「エリックが自分の葬式で娘に泣いてほしいなら、父親であるべきだ」

電話、とエリックは慌てるが、「それじゃ駄目だ」と止めた。「声と姿が一致する思い出が必要なんだ。声だけじゃ心は震えねえ」

「会えばいいですか」エリックは薄茶色の瞳を細かく左右に動かす。「そうですか」と指を折りながら考える表情になった。

「アメリカに帰るのか？」

「こんなワタシが、娘の父親でありたいと思うのは勝手ですか」

「いいんじゃねえか。エリックは最初から自分勝手な男だろ」

エリックと別れたあとも散歩を続行する。

次の場所は近くだ。徒歩で五分とかからなかった。坂道の途中に建つ大きな日本家屋が目的の場所。「どうだ、でかいだろ」と仁亜は自分のことのように自慢した。

大きければ優秀だという方程式は成り立たねえぞ。しかし、土壁の向こうに広がる庭は美しく整備されていて羨ましく思った。

「今度も友達だよ、兄貴」

一旦カセットテープを止め、笹村と書かれた表札の下にあるインターホンを押した。が、いつまで経っても反応がない。何度も呼び鈴を鳴らすが沈黙がつづいた。

留守のようだ。そりゃそうだ、相手にも都合があって弟の思惑通りにはいかない。

住人の帰宅を待ってもよかったがいつになるかわからない。こういう事態では仕方ないだろう。俺はカセットテープを再生した。

「兄貴、会ってくれたか。楽しいばあちゃんだったろ。ああ見えてもうすぐ九十歳なんだ」

いろんな友人がいるんだな。どこで知り合った？　表情を緩めた。

「老化がゆっくりと進んでいるとしか思えないよな。話し方や動きもじれったいほどのろかっただろ。最初は苛立つかもしれないけど、次第に心地いいことに気づくんだ。その心地よさに気づいたら、彼女と一緒にお茶を飲みたくなるんだよ」

何が言いたいんだ、弟よ。

「時間はゆっくりと流れてる。そう考えると、いろんなことに対して余裕が生まれるよな。余裕があれば周りを見ることができる。すると気づくこともあるんだよ。兄貴の周りには何がある？」

そうだな……。顔を上げて周囲を眺めると、遠くに溜め池の土手があった。住宅街や高い煙突も見える。

周りにはたくさんのものがある……そういう意味じゃないよな。

バンドが解散して仲間が離れても様々なものがある。真っ直ぐ最短の道を歩くのだけが人生じゃない。ゆっくりと回り道するのも心地いいものだ。

仁亜はそう言いたかったのだろうか。

生意気な奴め。


さらに郊外へと足を向けた。平日は人の往来が少なく、足早に歩くサラリーマンや必死な表情で自転車を漕ぐ中年女性の姿が視界の端に映った。ぼんやりと歩く自分だけが彼らとは違う世界で生きているような錯覚を覚えた。

小さな書店や飲食店が見える。そこで、「俺は昼食を摂らない。兄貴もそのつもりでな」と仁亜の声が聞こえた。

弟よ、すでに兄は腹を満たした。途中見かけた中華料理店でラーメンを一杯。言うのが遅かったな。

「早く先に進もう」

仁亜の詳細な指示に従って進むと、周囲を田んぼに囲まれたワンルームマンションが見えてきた。

新しくも古くもない三階建てのマンションだ。白い壁には適度な汚れが付着し、細かく区切るように長方形の窓が行儀よく並んでいる。奥に見えるのは狭い駐車場か。小さなコインランドリーのそばには低木が植えられ、青々と葉が茂っていた。

「次は205号室だ」仁亜だ。「もちろん友達だから安心していい」

またか。俺が吐き出した疲れた息が聞こえたのか、「ここまで来てやめるなんて言わないでくれよ」と仁亜が甘えるような声を出した。

エントランスを通ると、階段を上る。誰ともすれ違うことなく二階にたどり着いた。部屋番号を確認しながら進み、205号室の前で足を止めた。

表札に名前はない。そこでまた仁亜の声が聞こえた。注意を一つ、と声を潜める。

「恋愛の話は避けたほうがいい」

どういうことだ。俺はすでにインターホンを押している。扉の向こうから薄《うっす》らと聞こえる、インターホンの音を聞いている。

カセットテープを停止した。穏やかな緊張をまといつつ待つ。今度は在宅しているだろうか。

すぐに勢いよくドアが開いた。俺はその勢いに押されるように一歩後退する。ドアの奥から飛び出てきた人物が、「仁亜君」と声を上げて抱きついてきた。身体をぎゅうぎゅうと締め上げられる。俺は身体を硬直させ、地面から伸び出た棒のように直立した。

「仁亜じゃねえぞ」

こういう場合は慌てるよりも落ち着いて対処したほうがいいはずだ。内心では汗をかき、うろたえていたのは言うまでもない。

部屋の主であろう彼女は俊敏に飛び退いた。「ごめんなさい」

右半身を下にして寝ていたのだろう。右の頬が赤く、くっきりと跡がついていた。ぼさぼさの髪の毛、化粧気のない顔、赤いストライプ柄の部屋着は右足の裾だけが捲れ上がっている。眉が短く、薄く、能面のようだが、目が大きく可愛らしい。身長が低いためか幼い印象だった。

「誰？」

彼女は開けた扉を盾にするように隠れた。

「突然訪ねてきて悪かった」俺は警戒心を解こうと笑顔を作る。「仁亜の兄だ」

「え、お兄さん」

彼女は驚いたあと、どうしよう、と指で眉を隠した。けれど、それでは埒が明かないと思ったようで、「少し待っていてください」と部屋の中に消える。乱暴に閉まるドアが彼女の慌て振りを表しているようだった。


十五分ほど待たされた。「ごめんなさい」と今度も勢いよくドアが開き、未完成ながらも輪郭のはっきりとした彼女が姿を現した。髪の毛をとかし、眉を描くと二十歳前後には見える。淡いグリーンのシャツとふんわりとした白いスカートが似合っていた。

「訊きたいんだが、俺が仁亜の兄だと信じたのか？　あんたが『仁亜君』と叫びながら抱きついたから、そう言ったのかもしれねえだろ」

あまりにも不用心だ。

「似てますから」彼女がこちらを指差す。「そっくりです。十年後の仁亜君みたい。十年後の未来からやって来た仁亜だ、って言われても信じましたよ」

自分の顔を触る。葬儀のとき、何人もの参列者に「やっぱり兄弟ね、そっくり」的なことを言われたっけ。

「そんなに似てるか」

「未来の仁亜君か、兄弟じゃなきゃあり得ません」

「それにしても、だ。ドアを開けたとたん抱きついてくるってのは、少し軽率だろ。確認はしたほうがいい。宅配業者の人間だったらどうする？」

「でも、似てたんです」

「何が？」

「仁亜君が鳴らすインターホンの音と、お兄さんが鳴らしたインターホンの音です」

小さな笑いの息を洩《も》らす。「本気か？」

「大真面目ですよ」彼女は眼と口元に力を入れた。「足音だけでその人物を特定できることってありますよね。音の強さとか間隔とか、ありませんか？」

「んー」まだ家族で住んでいた頃、自室にいても廊下を歩く親父の足音と母親の足音は聞き分けられた。「あるかもしれねえな」

「それと同じです。ピン、のあとの、ポン、という音の間隔なんて、もうそっくりです」

「……あの音が、な」

他バンドの知り合いにも音に異常に鋭い人物がおり、彼女のそれも、その親戚みたいなものではないか。

「間違ってたらごめん」俺は前置きする。「あんたは仁亜の恋人か？」

「え、違いますよ」

彼女は大慌てで手を振る。

「けど、抱きついたわけだから……」

「あれはいつもの挨拶です。おはよう、こんにちは、と声をかける代わりに、ハグ」

「帰国子女なのか？　情熱的だな」

「ですよね」

「ん？」

「仁亜君に教えてもらいました。留学してたんですよね、彼。外国じゃ当たり前って」

「まあ……」

ここ日本は侘びと寂を愛でる国だぞ。ニュージーランドで何を学んでんだよ。

「それに、早く仲良くなれる、って。本当にそうでした」彼女が微笑む。右側の頬にえくぼができた。「でも、最初は戸惑いましたよ」

「変わってるからな、あいつ」

「ですね」

彼女の名は物部由香里《もののべゆかり》。出会ってから二十分後、ようやく自己紹介を交わした。

「それで、仁亜君のお兄さんがどうして……」由香里の顔が疑問符で埋め尽くされる。

「仁亜君はどうしたんですか？」

　この子は知らないのか。

「さっき、早く仲良くなれる、って言ってたけど、もしかして仁亜とは知り合って間もないのか」

　由香里の表情に困惑の色が窺えた。

「一週間くらい前に、偶然……」

　やはりそうか。出会って一週間ほど、きっかけが偶然ということなら共通の知り合いはまだいないだろう。だから彼女には訃報が届かなかった。

「あの、仁亜君は？」

　由香里の黒目が左右を見る。どこかに隠れているとでも思ったのだろうか。

「仁亜は、来てない」伝えるぞ、と腹に力を入れる。「仁亜は死んだ。不運な事故だった」

「嘘」由香里が小さな悲鳴を思わせる声を発した。口元に持っていった手が震えている。「やだ、どうして」

　彼女の目から涙がこぼれた。

　二人の出会いはいいものだったのかもしれない。短い付き合いであるはずなのに、こんなにも彼女は衝撃を受け、悲しんでいる。こういう感情は間違っているのかもしれないが、人目もはばからず涙を流す由香里のことが羨ましくなった。

　俺は待つことしかできない。玄関の前で座り込み、肩を震わせる彼女を見ていることしかできなかった。言葉をかけて慰めたり、悲しみを共有するふりをするのは、うそ臭い。涙を流すことさえできない俺に何ができるというのか。

　数分して、由香里は重い身体を無理やりに引き上げた。ごめんなさい、と何度も繰り返す。充血した目を痛めつけるように擦った。

「謝ることなんてねえよ」

　由香里は控えめに鼻水をすすり、「でも、ごめんなさい」と頭を下げる。「今日はそのことを知らせに来てくださったんですか」

「あ、いや」頭を掻き、咳払いを挟んだ。「仁亜に言われて寄ったんだ」

「……どういう、ことですか」

「散歩に誘われたんだ」と答えたのち、「実はこれに」と携帯用カセットプレイヤーを取り出した。「仁亜の声が吹き込まれてる」

「それは」由香里の目がこちらの手元を凝視する。「音楽プレイヤーですか。大きいですね、それに古い」

「カセットテープを再生する機械だ。はじめて見る？」

「たぶん」由香里は申し訳なさそうだった。「でも、噂には聞いたことがあります」

「そうか」携帯用カセットプレイヤーを見つめる。「とうとうお前も噂になったか」

由香里の顔を覆っていた強張りが、少しだけ緩んだのがわかった。まだ涙の切片が声の調子や俯き加減になった頭の角度に残ってはいたが、落ち着こうとする意思が見て取れ、ほっとする。

玄関先ではあったが、俺はこれまでのことを彼女に話して聞かせた。エリックに説明した内容よりも少しだけ詳細になる。毎年誕生日にカセットテープに声を吹き込んでいることや、幼かった仁亜の思い出を説明に交えた。

由香里は途中で余計な質問をして話の腰を折ることなく、正しい聞き手の見本のように、真剣に耳を傾けていた。感心して頷き、時々、笑顔を見せることもあった。

「でも、どうして仁亜君はわたしのことを紹介なんて……？」

「何でだろうな」

キングとの出会いは俺に依頼するため。エリックのときは自分の進路を宣言するきっかけだったようだが……。次は何だよ、弟よ。

「カセットテープを聞けばわかるかもしれねえが、まずは由香里ちゃんと話さなきゃならねえ。それがルールだ」

「話、ですか……」

「何でもいい。そうだな……仁亜と出会ったのは偶然って言ってたよな。どんな出会いだったんだ？」

「仁亜君」由香里は何かを思い出したようで、目を細めた。「わたしに何て声をかけてきたか知ってますか」

知るわけがない。「まずは挨拶じゃねえか」

「面白くないですよ」

「そうだな、うちの弟らしくない」

「軍手みたいだ、って言われました」

理解が遅れる。「何が？」

「わたしですよ」

「似てないぞ」由香里を眺めた。「仁亜は喩えるのが下手だな」

「それはそうです。軍手っていうのは、わたしの容姿のことじゃなく、そのときの状況のことを言ったらしいですから」

「どんな状況なんだ」

「駅の構内で絶望に打ち沈んでいました」

彼女は笑みを浮かべたが、それは日陰の中で見る笑顔のようだった。

ピンと来た。恋愛の話は避けたほうがいいというのは、そういうことか。彼女は大きな失恋をしたに違いない。

「ちょうど改札口の前で、通行人の迷惑も考えずに、恥ずかしさもどこかにやって、しゃがんでいたんです。両手で顔を覆って泣きじゃくっていました」

「そうか……。話したくないなら、話さなくてもいいが、な」

「話しますよ。仁亜君のことですから」

「……悪いな」

「失恋してぼろぼろになったわたしの姿を見て、仁亜君は『軍手みたいだ』って言ったんです。ほら、時々、道路に汚れた軍手が落ちてるじゃないですか。踏み潰されて真っ黒になったやつです。なぜだか片一方だけなんですよね、あれに似てる、って」

「兄として謝るよ。弟は最低だ」

「最低です」由香里の声ははっきりとしている。「でも、的を射てるんですよね。それに一方で、助かった、と思う気持ちもあったんです」

「助かった？」

「横を通り過ぎる人たちは、憐憫《れんびん》の眼差しを向けてくるか、鬱陶しそうな感情をぶつけてくるか、不審がって距離をとるかのどれかです。関わらないほうが得策とばかりにこちらを見ない人も多かった」

「俺もそうする」正直に告げた。「見ねえな」

「でも、仁亜君は話しかけてくれた」

「あいつは困った人間を放っておけないタイプなんだ」

なかなかできることじゃねえぞ、弟よ。

「もしくは、由香里ちゃんから失恋の悲しみを感じ取ったのかもしれねえ。だから声をかけた」

「どういうことですか？」

「昔、仁亜も大きな失恋をしたんだ」

悪い、喋っちまった。

「大きな、ですか。その話は初耳です」

由香里が興味津々な顔をして、奥の奥まで覗き込もうとするように目を輝かせたので、「詳しくは話せねえがな」と先手を打った。これ以上の失言は仁亜に怒られちまうよ。

「聞きたかったです」

「由香里ちゃんの失恋話も聞かねえから、許してくれ」

そう言ったのにはもう一つ理由がある。失恋話を聞かされ、彼女がそのときのことを思い出し、そして泣かれ、それを慰める役は自分しかおらず、そういう一連の展開が面倒だったのだ。おそらく俺は、「男なんて腐るほどいる」であるとか「そんな男とは別れて正解だ」などという気の利かない台詞を吐くに違いない。

由香里が愉快そうに小さく笑った。

「何だ？」

「お兄さんと仁亜君は似てるようで似てませんね」

「どのへんが？」

「仁亜君はわたしの失恋話を聞きたがって、あの日は質問攻めでした。全部聞いてくれて、それから乱暴な飲み方のお酒にも付き合ってくれて、部屋まで送ってもくれました。そのあとも、部屋に引っ張り込んでわたしはうじうじと泣いたりして……。でも、そうしているうちに落ち着いてきて、人に話すのって大事なんだな、って思いました」

「そうか」

自分ならば即退散するところだ。

「まだ立ち直れていないんですけどね」由香里の表情に影が落ちる。「失恋がこんなにも苦しいものだって思いませんでした。自殺しちゃう人がいるじゃないですか、あんなの信じられなかったんですけど、今なら理解できます。どうしようもないんですよね、この萎れてしまう感じって。今はそんな選択肢は頭にないですけど、ふと元恋人のことを思い出して落ち込んだと思ったら、むかむかしたりして大変です。そんなときは仁亜君に電話をしちゃうんです」

「仁亜がそれほど聞き上手だとは知らなかった」

「仁亜君、うんざりしてただろうな」由香里が肩をすぼめた。「知り合ったばかりなのに暗い失恋の話ばかりで。仁亜君って優しいから言い出せなかったのかも」

「弟は聞き上手で優しく、俺に似ている。完璧じゃねえか」

由香里が笑いを口の端で弾けさせた。

「完璧な男はつまらないか？」

「そうですね。完璧な男って、面白味がありません」

「それが完璧な男の悩みだ」

まるでそれが自分の悩みのように言った。

「仁亜君って時々、海に行ってぼうっと景色を眺めているのを知ってましたか？」

瀬戸内海は圧倒されるような景色ではないが、小さな島々が浮かび、穏やかに波打ち、時間を忘れることができる。

「いや」俺は首を左右に振った。「ロマンチストだったんだな、うちの弟は」

「わたしも最初はそう思いました。海の大きさがどうだ、とか、海に沈む夕日がどうだ、とかそういう背中の痒くなる理由で海を眺めているのかと思ったんですが……」

「違った？」

「違いました」由梨が頷く。「仁亜君が海を眺めるのは、スピードと効率が優先される現代への抵抗なんです。だから防波堤の上に座って、時間を気にせず、何もせずにぼうっとしているらしいですよ」

「何だよ、その理由」

「可笑しいですよね」

「可笑しいな」

　俺は頬を緩める。

「だから、大丈夫です」

「大丈夫？」

「仁亜君はつまらない男ではありません。お兄さんも、完璧じゃありませんよ」

「そうか」複雑だな。「そりゃよかった」

「……誰かと別れるって、痛いですね。仁亜君とも別れちゃった」

「そうだな、別れはつらい」

「ごめんなさい、仁亜君は弟ですもんね。つい最近知り合ったわたしとは違いますよね」

「そうじゃない」と言うと、由香里が「えっ」という顔をした。

「いや、仁亜は弟だ。そういうことじゃなくて、俺も最近、ずっと一緒だった仲間と離れ離れになった。そのことを思い出したんだ。仁亜は、別れに慣れろ、なんてことを言ってたが、由香里ちゃんには優しかったようだ」

由香里が居心地悪そうに首を縮める。

「仁亜の意見は人によってぶれるらしいな。人間らしくていいじゃねえか」

「いい、ですか？」

「ああ、弟の気持ちが透けて見える」

「どんな気持ちですか？」

鈍いんだな、由香里ちゃん。


「あの、これまで話して、仁亜君がわたしを紹介したかった理由に何か気づきましたか」

由香里が顔を前に突き出す。

「まったくわからねえな」

嘘だ。薄々感づいていた。首にかけたヘッドホンを触りながら、自分が導き出した解答が正しいのか、答え合わせをしたくなった。

「聞いてみるか」

「ぜひ、お願いします」

ヘッドホンを耳に当て、再生ボタンを押した。彼女は固唾を呑んでこちらを見つめている。手の形がグーになっており、力が込められている。

「彼女、失恋したんだ」仁亜の声が聞こえる。「『ニュージーランド行き決定』級の深刻なやつ」

俺はにやりと表情を崩す。由香里に理由を訊ねられたが、身内の話だとごまかした。

仁亜の声がつづく。

「それで彼女、離れて行った恋人のことを恨んでるようなんだ」

恨みという言葉の力なのか、細い針で左胸をちくっと刺されたような痛みが走った。じわっと黒い液体が小さな針穴から滲み出てくる。それは粘着質な熱い液体で、嫌な感じがした。

「だからさ、彼女の恨みを晴らしてやろうと思うんだ。そのために、あるものを用意した。彼女をそこまで連れて行ってくれないか」

そこでカセットテープを止める。由香里に視線を向けた。

「恨んでるのか？」

「今」由香里が目を見開く。「恨み、って言いました？」

「言った」俺は頭を振る。「元恋人のことを恨んでるのか？」

長い間が空いた。自分の胸を見るように頭を倒し、自分の中にいるもう一人の自分と相談しているようにも見える。

「恨んじゃってますね。むかむかの原因はそれです。突然のことだったし、理由も納得できるものじゃなかった。いつものようにデートしたあと、『バイバイ』の代わりに『もう終わりにしよう』って言われて、どうして？　って訊くと、もうすぐ夏だから、って言うんです。二年も付き合ったんですよ、意味がわかりません」

「確かに、その理由じゃ頷けないな」

「でも、彼はさっさと改札口の向こうに消えちゃいました。すぐに携帯で電話をかけたんですけど、出ないし、メールも返事はない。部屋に行っても居留守です。恨みますよ、そりゃ。恨まないほうが変です」

　由香里の声は後半に差しかかるにつれて興奮し、すべてを吐き出し終えると口元をぎゅっとつぐんだ。怒りが洩れ出すのを堰き止める頑強なダムのようだ。

「お兄さんの言う通りです。わたしは恨んでます」

「じゃあ、今から恨みを晴らしに行こう」

「え、あ」由香里がまごつく。「どういうことですか」

「いい方法があるらしい。仁亜がそう言ってる」

　俺は携帯用プレイヤーを突いた。

「仁亜君が……」

「そうだ」

「何を持って行けばいいですか」

「準備は弟がしてるそうだ」

「完璧ですね」

由香里がにっこり笑う。

「つまらない男だ。海を眺めたほうがいいな」


由香里は出かける準備をするために一旦、部屋に入った。

テープをさらに聞き進めた結果、今から小学校に行く。仁亜はそこに何かを隠したらしい。何か……それが何なんのか言えばいいものを、と思うが、そこが弟らしい。

どんなときでも楽しみは必要だよ。

仁亜が高校受験真っ只中の頃に言った言葉だ。弟は受験勉強に勤《いそ》しまなければならない身のはずなのに、その当時夢中だった映画作りに気を奪われていた。そのことを心配した文子が俺に電話を寄越し、偉そうに説教を垂れたところ、そのような返事があったわけだ。

これも受験勉強の一部なんだ、と仁亜は言う。

「兄貴、勉強ばかりじゃ多様性を失う。柔軟性のない受験ロボットと同じだ」

「受験ってやつはロボットになった奴が勝つんだ。映画撮影は受験が終わってから好きなだけやれ」

「駄目なんだ」

「どうして？」

「それが俺の受験勉強だから。暗記に成功したり、課題を克服したりすると、そのご褒美に映画を撮る。それが終われば、また机に向かう。その繰り返し。映画を撮らなきゃ勉強が次に進まないんだ」

「どんなときでも楽しみは必要だ、の精神に則《のっと》って実践してるわけか。そのやり方で志望校には合格できそうか？」

「兄貴、未来のことはわからない」

そう、未来のことは誰にもわからない。弟が受験に見事合格することや、十九年という短い年数で生涯を終えることなど、その時点では誰にもわからなかった。

由香里が出てきた。マンションを離れたところで、彼女が口を開く。

「小学校ですが、仁亜君が通っていた小学校ですか？」

「そう」俺は彼女の歩調に合わせて歩いている。「俺も通ってた。由香里ちゃんは？」

「わたしは徳島県の出身なんです。ここに来たのは、専門学校進学のためです」

「もしかして、仁亜と同じ？」

「いえ、わたしは福祉医療系の専門学校です」

「仁亜は芸術技術系だもんな。俺の幼馴染も通ってた学校だ」

「それにわたしを振った男が通う学校でもあります。高校時代から付き合ってて、進学先が近くで喜んだんですけど……」

　由香里は力なく眉を下げる。

「今となっては不運な偶然だな」

「偶然はまだあります。わたしを振った男と仁亜君は同じデザイン科なんです。クラスは別らしいですが、合同講義のときなど顔を合わせることもあるらしくて……。あっちは知りませんが、仁亜君は写真を見て知っていましたから」

「仁亜の奴、そいつに何もしてねえだろうな」

「講義のときに消しゴムのカスを当ててたら驚いてた、とか、突然大声で名前を呼んだら慌ててた、とか、愉快な報告を受けました」

「まるで子供だな」

「でも、嬉しかったですよ」

「まるで子供だな」

　しばらく歩くと、四階建ての白い建物が見えてきた。小さな雑木林の向こうだ。エリックのアパートが近くだったが立ち寄ることはない。あれですね、と由香里が指差したので、「正解」と頷いた。

何もかもが懐かしい。校庭に並ぶ遊具、少女のお化けが出ると噂のあった外トイレ、校舎の窓から覗く教室の様子、校庭の隅にはまだトーテムポールが立っているのだろうか。

あっという間に俺の心を小学生だったあの頃に戻す。残念だったのは、プールの場所が移動していたことだ。

「ここに何があるんですか」と由香里。

こっちが聞きたい。

「あの向こうに二宮金次郎の像があるんだ」体育館の隣を指差した。「その台座に何かを隠したらしい」

「じゃあ、小学校に入らなくちゃいけないんですか」

「そうだな」

「怪しまれませんか」由香里が不安げな顔をした。「でも、二宮金次郎像を調べたい、って話しても不審がられますよね」

「大丈夫だ」

「何かいい方法でも？」

「誰にも見つからずにことを進めれば怪しまれない。不審がられるような理由も話す必要はねえ」

「それって泥棒の考え方ですよ。誰にも見つからずに仕事を終わらせれば捕まることはない」

「……由香里ちゃんって面白いな。面倒を避けるだけだ」

「お兄さんはそうやってわたしを悪の道に誘うんですね。お兄さんって、本当は悪い人だったりして」

「仁亜のように紳士じゃねえな」

「じゃあ、淑女じゃないわたしはお兄さんに付き合うべきですね」

「立派な淑女に見えるぞ」

世辞も含まれている。

「女を理解してませんね、お兄さん」

「何だ？」

「淑女なんてこの世にはいませんよ、幻想です」

参った。そう口にしそうになった。

学校の裏門から侵入した。体育館の裏手に当たり、古ぼけた百葉箱が雑草に囲まれている。体育館の中からは人の声も気配もしなかったので、授業は行われていないらしい。建物に沿い慎重な足取りで進み、二宮金次郎像のある場所に問題なくたどり着く。今はどうだか知らないが、木々に囲まれたその場所は小さな森と呼ばれていて、木の実や落ち葉などの掃除が大変だった。

小さな森の中央に穏やかなS字の道が延びている。石畳の道は記憶のものとそれほど変わりなかったが、校歌の彫られた石のレリーフは覚えがなかった。生い茂る枝葉のせいであたりは薄暗い。

今も昔も薪を担ぎ、読書をつづける二宮金次郎像に近づくと台座を調べた。台座は鼻の高さくらいまであり、その上に像が立っている。「わたしの母校にはなかったな、二宮さん」と由香里の囁《ささや》く声が聞こえた。

膝を折って眺め、時には蹴ってもみるのだが、怪しいものはない。金次郎の足元にも何もなかった。

「お兄さん、これじゃないですか」と由香里。

彼女の手に、小さなビニール製の袋が握られている。「ここにありました」と台座の下部を指で示した。「この台座の石がぐらぐらとして動いたんです。引っ張ってみると簡単に抜けて、中からこれが」

俺は顔を寄せる。

金属製の何かだとは確認できたが、よくわからない。

「お兄さん、早く出ませんか」

由香里が心配そうに周囲を見回す。

「そうだな、話はあとだ」

由香里が見つけたビニール製のジッパー付きストックバッグには、鍵が入っていた。変哲もない金属の鍵。複雑な凹凸はなく、重要な場所の鍵というよりも、簡易倉庫の鍵のようだった。

「鍵ということはどこかを開くんでしょうか」

由香里が当然のことを口にする。

俺はヘッドホンを耳に当て、仁亜の声を聞いていた。

「次は」

俺は小学校の前を南北に走る二車線道路を指差した。車の往来は少ない。

「この道を北に向かった先にある建設会社だ。そこがゴールらしい」

「建設会社……」由香里が首を傾げた。「そこに恨みを晴らすための何かがあるんですね」

「おそらく、な」

「もしかして」由香里の声が大きくなる。「それってパワーショベルとブルドーザーの鍵じゃないですか。建設会社ならありますよね、そういう重機。それで恨みを晴らすんですよ、ガガガガって。アパートの部屋を押し潰しちゃうんです」

「過激だな」苦笑する。「けど、元恋人の部屋を押し潰して、それで由香里ちゃんの心は晴れるのか？」

「すっきりするんじゃないでしょうか」由香里は即答する。「ざまあみろ、って思いますね」

彼女の反応が可愛らしく清々しく見え、恨みなどという暗い感情を腹に抱えているとは思えず、もうすでに心は晴れているのではないか、とさえ感じた。

「爽快な気分にはなりそうだな」

五分ほど歩くと、中規模程度の建設会社が見えてきた。事務所らしき建物には年季の入った看板が掲げられ、駐車場には大型トラックが二台停まっている。奥には倉庫が窺え、そのまた奥に二つの砂山があった。麓に小型パワーショベルが傾いた状態で停車している。

「あのパワーショベルでしょうか」

「違う」首を横に振った。「砂山の向こうに粗大ゴミを置いてるところがあるらしい。そこで鍵を使え、って仁亜は言ってる」

「ゴミ、ですか」由香里が難しい表情をした。「何だろう」

「行ってみればわかるらしい。行くぞ」

俺たちは周囲を見回し、人影がないのを確認すると素早く建設会社の敷地内を進んだ。

「また不法侵入ですね」

背後から由香里の声が聞こえた。

「由香里ちゃん、泥棒の考え方を思い出せ」

砂山は三メートルほどの高さがある。足をかけるがすぐに崩れて不安定だ。手をかけるが心許なかった。

頂上から見下ろすと木材が高く積み上げられていた。再利用しようという意図で置かれているのだろうが雑然としていて、砂山の上から放り投げたような光景だ。長く太い柱のようなものもあれば、割れたベニヤ板もある。

「あそこから何かを探し出すのは大変そうですね」由香里の声は早くも疲労していた。

「仁亜君は何か言ってないんですか」

「ヒントはない」

俺はすでに一点を見つめている。鍵を差し込み試したわけでもないのに、確信があった。

「奥にロッカーが見えるか」木材の積まれた場所のさらに向こうを指差す。「二つのロッカーが並んで倒れてるだろ」

「はい」由香里はすぐに気づいた。「更衣室にあるような縦長のものですよね」

「たぶんこの鍵は、あれを開けるためのものだ」

木材とドラム缶の間を縫うようにして、進む。少しでも触れれば崩れそうな予感があり、身体をできるだけ縮めて通り抜けた。

「何だか、危険な香りがしませんか」由香里がロッカーを見つめる。「ゴミの中に倒れたロッカーなんて、悪い印象しかありません」

俺も同じ感想を口内に溜めていた。「拳銃でも入ってそうだな」

「ドラマや映画でよくありますよね。インターネットや薄暗い地下のショットバーで拳銃を買う意思を示して、指示された銀行口座にお金を振り込む。拳銃の受け渡しは捨てられたロッカーの中なんです」由香里は言いながら確信を深めているようだった。

「ありそうですよ」

「仁亜は、拳銃を使って恨みを晴らせ、って言ってるのか？」

「そっか」由香里の興奮が薄れる。「仁亜君がそんな物騒なことを考えるわけないか」

「弟は紳士で、愉快な男だぞ」

「ですよね」

由香里がにっこりと笑い、その笑顔に促されるように右側のロッカーに鍵を差し入れた。しかし、何度手首を捻っても回らない。左側のロッカーに鍵を差し込む。

小気味よい開錠音が響いた。由香里に視線をやると頷く。俺は取っ手を摑み、ゆっくりと扉を引き開けた。

拳銃は入っていない。その代わりに、黒いケースが入っていた。その形状を見れば、ケースに何が入っているのか一目瞭然だ。

おそらく中身はアコースティックギターだ。黒いギターケースを慎重に取り出した。ケースを開くと、期待を裏切らないそれが姿を現す。ライフル銃をカモフラージュするためのケースではなかった。

「これって、ギターですよね」

由香里が覗き込む。

「どう見てもそうだな」

「これで元恋人の頭を殴るんでしょうか」

俺は短く噴き出す。「ギターってのは誰かを殴る道具じゃねえよ」

「でも、だって、恨みを晴らすものって言うからてっきり……」

俺は、口元を曲げ拗ねるような由香里をよそに、カセットテープを再生させた。

「兄貴なら、その使い方を知ってるだろ」と仁亜の声が聞こえた。停止する。

ああ、知っている。

「歌おうか、由香里ちゃん」

何を突然に……。彼女はそんな表情を浮かべた。

「歌、ですか」

「あんたは歌うべきだ」

「え？」

「このギターは、仁亜からあんたへのプレゼントだ」

「でも、わたしはギターなんて弾いたことありません」

「そんなもん適当でいい。歌詞だっていい加減なものでいいんだ」仁亜の言葉を思い出していた。「ギターを掻き鳴らして、不満や恨みを歌にするんだ。いや、歌っていう枠にはまらなくてもいい。叫ぶだけで構わない」

「すると、どうなります？」

彼女の目が戸惑っている。

「不思議なことが起こるはずだ」笑みを向けた。「パワーショベルで部屋を押し潰すよりも、拳銃で元恋人の頭をぶち抜くよりも、すっきりするかもしれねえ」

「それで心が晴れますか。恨みも？」

「信じろ、仁亜が効果を立証済みだ。あいつは大きな失恋から見事に立ち直った」

「これで」由香里が中古ギターに視線を落とす。「歌を」

「それでも駄目ならニュージーランドに行けばいい」

由香里の瞬《まばた》きが多くなる。

「仁亜のお薦めの場所だ」

「行くと、どうなるのですか？」

「羊を数えても眠くならなくなる」

由香里は難しい顔をして、小さく唸った。


俺たちは帰り道の途中にあった公園に立ち寄った。小さな公園だ。遊具はブランコと鉄棒のみ。桜の木が数本あり、隣の敷地には墓が並んでいる。何者の姿もなかった。

由香里はぎこちなくギターを抱えた。ネックを無造作に握り、恐る恐る親指で弦を弾く。音が出たことに驚き、表情を崩した。

「言葉なんてなくていい。手を動かして声を嗄《か》らせ」

由香里は気後れするように首を縮め、周囲を気にした。

「周囲は田んぼ、右手に見える土手の向こうは川だ。気にするな」

それでも彼女はもじもじとする。

俺は勢いよく鼻から空気を吸い込んだ。

「わぁー！」

大口を開け、声を吐き出す。空気が大きく揺れ、由香里が怯えるように身体を小さくした。十年足らずのボーカル経験は伊達じゃない。

「大丈夫だ。俺も一緒に歌う」

由香里はギターの弦を優しく撫でた。「あー、あー」と声の調子を整えるように発声する。

「そんなんじゃ駄目だ。腹の底からもっとでかい声を出せ。弦を切るつもりで掻き鳴らせ」

由香里がむっとした表情を浮かべる。それから乱雑に手を動かし、弦を弾く。乱暴な音が広がった。

「歌え！」と俺は煽る。

「わー！」

「もっと！」

「わー！」

「もっと出るだろ！」

「わぁー、わぁー！」

由香里は顔を紅潮させ、首を伸ばして声を発する。それは歌と呼べる代物ではなく、言葉でもなく、まるで天に盾突こうと怒りをぶつけているようにも見えた。俺が十年の間に作ったどんな曲よりもロックンロールだ。

けれど、それでいいのだ。それこそが仁亜の狙い。

由香里は咳き込み、喉に違和感を覚えるまで必死に声を出し、それから疲れたように肩で息をした。指が痛い、と言う。

「どうだ？」

俺は効果のほどを訊ねた。

「どうでしょうか」由香里は乱れた前髪を直す。「頭がぼうっとして、今はわかりません。ただ……」

「ただ？」

由香里は押し寄せる何かに耐えられないといった様子でつらそうに表情を歪め、ギターを抱き締めて膝を折った。

「……仁亜君に会いたくなりました」

胸が苦しくなる。何も言葉をかけることができなかった。

また遊びに来てください。

別れ際、由香里はそう言った。散歩のついでにでもいいですから、と。それから彼女は空を仰ぎ見、こんなことも言った。

「仁亜君、見てたでしょうか。わたしとお兄さんが歌う姿」

亡くなった者は本当に上に向かうのか。疑問ではあったが、俺も釣られて顎を上げた。

青い空には、ほかの集団からはぐれた小さな雲が浮かんでいる。その形が仁亜の顔に似ている、という偶然は用意されていない。ギターの形状でもなかった。しかし、そのゆったりとした様は弟に似ていなくもない。

お前か？　もちろん返事はなかった。

「見てたんじゃねえか。きっとあいつはあんたを気にしてる」

「そうでしょうか……」

「今からどうするんだ？」

俺はそれとなく質問する。

「とりあえず」

由香里はきれいに微笑んだ。何でもするし、何でもできそうな気がします。そう答えそうな笑顔だったが、返事は前向きなものではなかった。

「部屋に帰ってもう一度、泣きます」

彼女はギターケースを強く抱く。

「そうか」

仁亜、死んでいる場合じゃねえぞ。彼女が泣いてしまう。

俺は空を見上げて弟の姿を探したくなった。

由香里と別れたのち、俺はカセットテープを再生して歩いた。行き先を指示する声は聞こえず、適当に歩を進めている。歩道橋を渡っていた。

仁亜の声はつづく。

「彼女はギターを見てどんな反応だった？」だとか「彼女は元気を取り戻したか」と由香里を気にするものばかりだ。

わかりやすいぞ、弟よ。

テープの中の仁亜が改まるように咳払いをした。「兄貴」と言った声は少しだけ緊張を内包していた。何だ、と内心でつぶやく。

「恋をした」

「やっぱり」

歩道橋の階段を下りながら、俺は囁く。愛の告白の成功率を上げるための、兄への報告だ。

「どうだった兄貴、楽しめたか。いつもの報告だと電話をしてそれで終わりだろ。何だか味気ないと思ってさ、今回は凝ってみたんだ」

どんなときでも楽しみは必要だ、か……。そういうことか。

幅広の歩道を歩く。街路樹が等間隔に並び、コンビニの前では揃いのジャージを着た中学生がたむろしていた。顔を突き合わせて話す彼らは、次の試合に向けての作戦を練っているようでもある。

「ちょうどキングを助けてほしかったし、兄貴にも元気を出してほしかった。うどん店を手伝うことも話さなきゃならなかったし、な。それに、彼女に自分でギターを渡すと説明が必要だろ。情けない話は聞かせたくなかったから、兄貴に任せた。まさか、ニュージーランドに逃げた、なんて言ってないだろうな」

「逃げた、とは言ってない」と俺はテープの声に答える。

「せっかく『番外編』を作るなら、やってほしいことや言いたいことを全部入れてしまおうって考えたんだ。いいアイデアだろ」

このカセットテープはそのために作られたのか。暇だな。俺への励ましはついでなのか、という複雑さはあったが、湧き上がる愉快さに顔をほころばせた。

コンビニの脇にある細い小道に入り、ひとつ向こうの通りに出る。こちらの道路はそれほど広くなく、車の往来も少なかった。

「それから、ひとつだけ謝っておくよ」仁亜の声はその言葉に似つかわしくなく、楽しそうだった。「おばちゃんから俺が行方不明になったって聞いたんだろ。だから慌てて帰ってきた。そこで机の上に置かれた番外編のテープを見つけたんだ」

そうか、カセットテープは机の上に置く予定だったんだな……。

「それ全部、俺の計画だから。おばちゃんはうまく芝居をしてた？　それともばれちゃって、それでも付き合ってくれたのかな」

なるほど、そういう口実で俺を実家に戻そうと画策していたのか。

横断歩道に差しかかり、歩行者用の信号が点滅をはじめたので走って渡る。少し駆けただけなのに、息が切れた。

「おばちゃんは知ってるけどさ、怒らないでくれよ。今、俺は友達と温泉だ。学校を辞めるつもりだから、早めの卒業旅行ってところかな。だから安心していい。俺はちゃんといるよ」

二十歳近い弟が数日間家を出たくらいじゃわざわざ実家に帰らないぞ。そんなものは放っておけばいい、と取り合わず、もう子供じゃねえんだ、と電話を切ったはずだ。俺はそんなに優しい兄じゃない。

住宅街に入り、後ろから来た車にクラクションを鳴らされた。すれ違う際に運転手の男に睨まれる。

「もうすぐ帰るからさ、もちろん土産も買って帰る。饅頭《まんじゅう》でいいだろ。温泉っていえば饅頭だもんな。兄貴って甘いものが好きだったよな、チョコレートとか生クリームとか」

　何でも覚えてるんだな……。

　自宅のあるマンションの階段を上った。玄関ドアを開ける。

「じゃあ兄貴、またな。怒って帰らないでくれよ。十年振りなんだからさ、絶対に待っててくれよ。あとは帰ったときにでも話そうぜ」

　靴を脱ぎ、家に上がる。

「おかえりなさい、健ちゃん」

　文子が奥の部屋から出てきた。

　仁亜の声はもう聞こえない。テープが擦れるような、小さな音だけが響いていた。散歩は終わった。けれど、すぐに停止ボタンを押すことができない。「ただいま」と文子に応えた。

「明日、帰るんだっけ？」

「まあ……あのさ、おばちゃん、仁亜に俺を騙してくれって頼まれた？」

「騙す」文子が怪訝な顔をする。「どうして健ちゃんを騙すの？」

　やはり仁亜の計画はまだ途中だったのだ。カセットテープに声を録音し、仲間との温泉の計画を立て、そこで弟は事故に遭った。

　ヘッドホンから仁亜の声は聞こえてこない。「終わりだと思っただろ、散歩はまだまだつづくぞ」という言葉をずっと待っているのだが、虚しくテープが回るだけだった。

停止ボタンを押す。かちっと音がして、テープの回転が止まる。

急に静かになった。質問をした文子はいっこうに返ってこない返事に首を傾げた。

俺は押し潰されそうな静寂に動けなくなっていた。

その沈黙は深い穴に突き落とされたような恐怖感を伴い、闇夜に深山に放り出されたような心細さもあって、妙な脱力感が身体にまとわりついた。

そうか、と思った。

弟に頼られることは、もうないのだ。

そうか、と思った。

どんなに頑張っても、弟からの金メダルを手にすることは、もうできないのだ。

そうか、と思った。

弟からの恋の報告を聞くことは、もうないのだ。

そうか、と思った。

何日待っても、土産の饅頭を手に弟が帰って来ることはないのだ。

そうか、と思った。

弟は死んだのだ。

痛い。どこが、とは特定できないが、とにかく痛い。息苦しくなり、立っていられなくなる。奥歯を噛み締め背中を丸めた。堪えきれなかった声が洩れ、鼻水がさらに呼吸を苦しめた。

涙が溢れてきた。

第二章　時実紗彩

「ねえ、さっきから何やってるの？」

わたしは白衣姿で道端にしゃがみ込む佐草健太郎に声をかけた。

「何だよ、紗彩か」健太郎が見上げる。咥えていた棒つきのアメ玉を見せた。「休憩中だ」

「邪魔なんだけど」

寿商店街の西側、わたしが経営する時実テーラーの前で休憩するとはどういうつもりなの。

「いいじゃねえか、どうせ客なんてこねえよ」

この男はわたしが一番気にしていることを……。

「それにしても、今日も暑いよな」

蟬の声がうるさいくらいに鳴り渡る。今年の夏も毎年の恒例行事のように水不足の報道が伝えられた。テレビ画面に映る水位の下がったダムの様子を観るたびに、気温が上昇した気がする。

「あんたが佐草うどん店を手伝いはじめてもうすぐ二ヵ月か……」健太郎の隣で膝を折る。「何やってんの、ロックスター」

「お前には関係ないだろ」

心配しているのよ。最初は弟の死がショックで、心の整理をつけるまでの間うどん店を手伝うつもりなのかと思っていた。けれど、彼はいつまで経っても故郷を離れようとしない。一ヵ月が経過し、寿商店街の風景に馴染みはじめると東京に帰らない理由を訊ねにくくなる。

いい機会かもしれない。わたしは口を開いた。

「メジャーデビューの話は？」

「あー、あれは、今のところ保留だ」

嘘なのね。仁亜の葬儀のときの反応がおかしいと思っていたけれど、あの夢のような話はでたらめなのね。夢破れて帰郷……健太郎の性格からして慰めてほしくはないよね。

「保留してうどん店の手伝い？　東京の部屋だって引き払ったんでしょう。文子さんに聞いたよ」

「うるせえな、いいだろうが」健太郎が立ち上がる。「俺がここにいるのにはちゃんとした理由がある」

「どんな？」

「……なあ、紗彩。仁亜が親父のうどん店を継ごうとしてたこと知ってたか」

「え、そうなの」初耳だった。「仁亜とは毎日のように話してたけど、そんなことまったく言ってなかったよ」

「そうか……親父も聞いてないってよ。伝える前に死んじまったんだな」

仁亜がうどん店を継ぐ。どういう心境の変化があったのだろう……。

「それで、どうして健太郎がうどん店を？」

弟の意志を継いだ？

「……店に仁亜がいる気がしてな」

健太郎の表情が寂しそうに落ち込んだ。

「仁亜とはあまり一緒にいられなかったから……アホだろ、俺」

「……そうでもないよ」

「そのうち平気な顔してひょっこり帰ってきたりしてな」

それは、ない。仁亜は死んだ。強張った笑みを向けるしかなかった。

「でもさ、十年前にロックスターになる、って家を飛び出したのに、うどん店を手伝うことをよくお父さんが許してくれたよね」

「許してもらってねえ。勝手にしろ、って怒鳴られたから勝手にしてるだけだ」

「優しいお父さんだね」

「どこがだよ」健太郎が憎たらしい顔で唾を飛ばす。「お、あっちから来るのは雄太じゃねえか」

視線を右に向けると、スーツ姿の阿野雄太の姿があった。歩幅が小さく、肩を狭め、歩く様子は昔と変わっていない。

「おーい、お巡りさん」

健太郎が大きく手を振る。

雄太がこちらに気づき、小走りになる。疲れた表情に淡く笑みが広がった。久しぶりに幼馴染の三人がそろった。

「健ちゃん、仕事は終わり？」

雄太の声はいつも人懐っこい。

「休憩中」

「紗彩は？」

「わたしも」

「お前は？」健太郎が訊ねる。「事件か？」

「僕は今から昼食」

「警察は人使いが荒いな、もう二時過ぎてるぞ」健太郎が親指を立て、後方を示した。

「今日もうちで食うのか？」

雄太が頷く。

「好きだよな、お前。昼はほとんどうちのうどんじゃねえか」

「作治さんの作るうどんは毎日食べても飽きないよ」

「嘘つけよ」健太郎が軽く雄太の脇腹を突いた。「目的はうどんじゃなく、京香ちゃんだろ」

雄太は言葉に詰まり、耳を赤くした。慌てるように鼻先を触る。

「わかりやすいわよ、雄太」わたしは笑う。「健太郎にばれちゃったら、面倒よね」

「違うよ、違う。京香ちゃんは関係ない」

「へいへい、そういうことにしといてやるよ」健太郎が雄太の肩を摑んだ。「それよりも聞いたぞ、紗彩」

嫌な予感がする。「何を？」

「彼氏がいるんだってな。一昨日、仏壇屋の三代目に聞いたんだ」

雄太がとっさに健太郎の口を塞いだ。

「何するんだよ。紗彩の彼氏がどんな野郎なのか知りたいだけだって」

この男はさっきからわたしが触れてほしくないことばかり言って……。

「その話題は駄目なんだ」雄太の小さな声が聞こえる。「恋人とは三ヵ月前に別れたんだよ。交際期間は短かったらしいけど、振られたみたいでずっと荒れてたんだ。僕なんて五日連続で自棄酒に付き合わされた」

「全部、聞こえてるよ。悪かったわね、雄太」

「僕はいいんだよ、僕は」と雄太が怯える。

「何だ、そうなのか。仏壇屋の情報が古かったってことか」健太郎が自分の顎を触る。

「気にするな、紗彩。最近の男は夏が来ただけでも恋人と別れる」

何、それ……。慰めてるつもり？

「よし、紗彩。うどんを奢ってやるよ」

やはり彼なりに慰めているつもりなのかな。

「お昼ごはんなら食べたから、もういいよ」

「そう言うなって、行くぞ」

強引なところは昔から変わらない。でも、こういう強引さなら大歓迎かな。

「店に鍵かけとけよ」

「いいのいいの」わたしは警戒心なく言った。「うどんを食べるだけでしょ。閉店の札をさげておけば誰も入ってこないから」

佐草うどん店は香川県内に多くあるセルフ形式の店舗ではなく、お客さんが席に着いて注文を待つ一般店に分類される。セルフ店に比べてお客さんを待たせ値段も割高になるけれど、茹でたてが食べられる利点があり、美味しい。

「午前三時過ぎから店に出て仕込みの手伝いだよ」前を歩く健太郎が、雄太に愚痴っている。「あとは厨房に入って皿洗いと接客。茹で上がった麺を冷水で締めながらの玉取りも俺の仕事だ。熟練すると手の感覚だけで取り分けられるらしいが、俺にはまだ無理。夏の厨房は灼熱地獄だしよ、汗をいくら拭いても次から次へと流れ出るんだ。釜前で作業する親父はよくも平然と立っていられるよ。感心するっていうよりも、呆れる」

「へー、大変なんだ」

気のない相槌だったが健太郎は気にしていない。

「厨房にもエアコンがほしい。警察の裏金で買ってくれ」

「そんなものないって」雄太は疲れたように笑う。「京香ちゃんはどんな作業を?」

「生地場で麺棒を使ってうどん延ばし。上手いもんだよ。音を聞いただけでわかる。物静かで真面目、親父の言うことに忠実だ。意見や拒否、『少し待ってください』って言葉も聞いたことがない」

「へー、さすがだね」

声に力が入っていた。

「でも、忘れちゃいけないのが」わたしは後ろから会話に割って入った。「文子さんの天ぷら」

「文子さん特製の鶏の天ぷらは親父のうどんと同等に人気がある。それ目当てで来る客もいるくらいだ」

「今日は何にしよう」雄太が言う。「暑い日はやっぱり、醤油うどんか冷ぶっかけうどんかな」

「紗彩は醤油うどんにしろよな」

値段の安いほうを選んだな、こいつ。

「やだ、冷ぶっかけに鶏天ね」

「鶏天はやめろ。奢るのはうどんだけだ」

「ケチ」

わたしが幼い頃から佐草うどん店は繁盛店として知られているが、午後二時を過ぎればさすがに行列もない。通りを挟んだ正面にある文具店の店主がこちらに気づき、頭を下げたので、わたしも同じ所作で応えた。

店内は横長のテーブル席が四つ並び、奥に小上がりが二つ設置されている。丁寧にテーブルを拭く文子が「いらっしゃいませ」と快活な声を発した。

健太郎は短いカウンターにさがる暖簾《のれん》を捲り、「冷ぶっかけの大と鶏天を二つ」と注文する。はい、という京香の声が聞こえた。そのまま健太郎は厨房の中に消える。

結局、鶏天も奢ってくれるのね。しかも、うどんは大。食べられるかな……。

冷ぶっかけうどんは温かいうどんよりもコシが強く、食感がつるりとしている。食欲の減退する夏にはぴったりのメニューだ。小麦の香りが口いっぱいに広がって、食べきれるか心配だったけれどぺろりとお腹に収めることができた。

帰り際、厨房の健太郎に声をかけた。

「今日の午後六時に青年団の集まりがあるから、遅れないでよ。参加ははじめてでしょ」

「わかってる」

「雄太」作治の声が飛んだ。「いつまでちんたら食ってる。ぼやっとしてねえでさっさと仕事に戻れ」

雄太は慌てて残りの麺を口に啜り入れ、一緒に店の外に出た。

商店街の集まりは決まって和菓子店の二階で行われる。店主は心が広く、いつも快く場所を提供してくれる。そして、何より人が集まるのに適した大きな和室がある。今日は集まっても十人前後、充分な広さだ。

和菓子店の一階で店主に挨拶をし、奥にある階段を使って二階に上がった。茶の香りと甘い餡の匂いが混ざって伝わり、わたしは帰りにお団子を買って帰ろうと決めた。靴を脱ぎ、短い廊下に足を伸ばして襖を開けた。

すでにほとんどの人間が集まっていた。年齢はそれぞれ違ったが、みんな幼い頃からの付き合いだ。ただ、靴屋の長男とは今でも馬が合わず、離れた席に座った。

健太郎の姿がない。釘を刺したのに、もう。

「あとはロックスターだけか」

靴屋の長男が皮肉る。場がわっと盛り上がった。やっぱり嫌な奴。

東京から逃げ帰った男……。商店街の中の健太郎の評価だ。うどん店を手伝いはじめたのだから無理もないが、あることないこと真偽不確かな情報が広がっている。水商売の女に入れ込んで大きな借金を作った、というのが最新のでたらめだ。

「毎度どうも」と陽気な声で健太郎が入室したのは、二十分が経過してからだった。

「遅い」

軍隊の上官のような声が飛ぶ。ホワイトボードの隣で立つ短髪で面長、丸々とした体形が特徴の男、生花店の後継ぎが声の主だ。

「おいおい、木南雅彦」健太郎がゆっくりと近づく。「先輩に向かってその言葉遣いは何だ。いつ俺を追い抜いて偉くなった？」

「佐草先輩」雅彦が溜め息をつく。「今のは青年団団長としての言葉です。学校の後

「謝る必要はねえぞ」靴屋の長男だ。筋肉質な体形に威圧感がある。

「時間を守らない人間が悪い。そうだよな、佐草」

「はいはい、そうですね」健太郎は反抗的な態度だ。「靴屋の先輩として申し訳ありません」

「早く座りなさい」

わたしは健太郎の腕を引っ張って腰を下ろさせた。

「何やってたの？」

「うどん店は朝が早いだろ。だから店が終わったあと寝てた」

呆れた。「遅刻したんだから、もっと反省した態度でいなさい」

「お前は母親かよ」

憎らしい顔。引っぱたいてやりたい。

雅彦の咳払いのあと、集会の議題に戻った。三週間後に迫った夏祭りについての話し合いだ。商店街も賑やかに何かやろう、あわよくば人を集めて稼いでやろう、という企画会議だ。同じ議題の会議は四ヵ月前から何度も繰り返され、商店街のイベントはすでに決定していたが、今日は進行や手順の確認を行う予定になっていた。

「青空プロレス？」

健太郎がホワイトボードに書かれた文字を読む。ピンと来ていないようだ。

「はい」雅彦が頷く。「僕たちが産まれる前にはじまり、幼い頃にも開催していたそうですが、すでに衰退していてあまり記憶にありませんよね」

　青空プロレスは四十四年前に商店街の夏祭りイベントとして毎年つづけられていたものだ。しかし、十九年前を最後になくなってしまう。不景気による資金不足、機材の老朽化など要因は多々あったが、今年、近くの大学のプロレス同好会と協力し、再開することになった。

「出場者も決定したところです」

「お、誰だよ。俺は嫌だぞ、裸に自信がねえ」

「弱い人間はお呼びじゃねえよ」靴屋の長男の野次。「ロックスターは黙ってろ」

「お前こそ黙れ、筋肉馬鹿」

「喧嘩はやめなさい」

　わたしは小声で注意する。気持ちはわかるけどね。

「先輩は入っていません。出場者はのちほど、改めて紙面で伝えます」

　雅彦はさらにつづける。

「先輩には青空プロレスの裏方をやってもらいますので、よろしくお願いします」

「げ、俺も何かやるのか」

「当然でしょ」とわたし。

「お前は？」

「レスラーが被るマスクを作ってる」

「あー、面倒だな」

「……働きなさい、ロックスター」

その後、ひとりひとりに祭り当日の仕事が振り分けられ、青年団の会議は終了した。

「なあ、紗彩」健太郎の声。「元恋人って誰なんだよ。俺の知ってる奴か」

階段を下りる足が止まる。彼が隣に並んだところで、きっと睨んだ。

わざと健太郎の足を踏む。

「よく聞こえなかったんだけど、もう一度、言ってもらえるかな」

「いや、別に何も言ってねえ」

「デリカシーに欠ける言動は慎んでもらえますか」

「敬語がこえーって」

わたしは歩調を速め、さっさと先を行く。

「酒ならいつでも付き合うぞ」

「わたしはそんなに弱くない」

佐草うどん店から明かりが漏れている。京香ちゃんだろうか。

「茶でもどうだ？」健太郎が誘う。「お前が手に持ってる団子をつまみに、な」

狙いはこれか。健太郎は甘党だっけ。

裏口から店内に入る。

「お、まだ仕事？」

厨房にはうどんをこねる京香がいた。

彼女は手を止めて振り返る。

「あら、お揃いで」

意味ありげな言葉だったが、聞き流すことにしよう。

「仕事というか、研究と実験です。それから練習」

「京香ちゃんのうどんはすでに親父を越えてる」

健太郎は冷蔵庫を開け、麦茶を取り出した。コップ三つに注ぐ。

「馬鹿なことを言わないでください。冗談でもやめてください」

京香は小鼻を膨らませ、声を大にして反論した。

「……悪かった」

健太郎は麦茶をなみなみと入れたコップを差し出す。

「で、研究と実験って何やってんだ？」

切り替えが早いわね。

「えっと、これは……」

京香は放射した怒気のやり場に困っているようだ。

「これは？」

無邪気に顔を近づける健太郎に、京香は表情を和らげた。

「うどんの材料は小麦と塩と水、シンプルなんです。だからこそ水や塩の分量、生地のこね方、寝かせる時間などの工程、ほかにも湿度や温度によって違いが出てきます。別品種の小麦の配合によって味はもちろん香りにも差異が表れます」

「なるほどなー、うちの小麦にもこだわりが？」

「あります」京香の声が高くなった。「毎日、三種類の小麦を自家製粉して、師匠自身が配合しています」

「店の二階にある、小型製粉機だな」

「はい。使える状態の粉にするまでには何度も挽かなければならず大変なんです。でも、自家製小麦は香りが強く、甘味も際立つんですね。それに、小麦を製粉するときはパン屋さんのようないい香りがするんです。挽き立ての小麦は店の大きな武器ですから」

京香の顔がうっとりする。

こういう顔をするんだ。普段は表情に乏しく、同じ商店街で働いているにもかかわらず、彼女とはあまり話したことがなかった。商店街の人たちから話には聞いていたが、彼女は本当にうどんが好きなのね。

わたしは厨房に並べられた、小分けにされた白い粉を眺める。

「本当に実験って感じですね。もしかして、その一つ一つが別品種の小麦なんですか？」

「はい。いつかは師匠を越えたいと思っていますから、そのためのものです」

わたしにも師匠がいる。テーラー技術を叩き込んでくれた凄腕の職人だ。負けてはいられないな。

「これは？」

健太郎が近くにある小さな袋を持ち上げた。

「それは瀬戸内沿岸で獲れるシラサギコムギですね。その隣にあるのが、東北地方のキタカミコムギ、そのまた隣が北海道産のチクホコムギです。多くのお店で使用している農林61号もあります。ほかにも、これがふくあかりで、これがあおばの恋」

京香は指を差して教えてくれる。小麦にそれほどの種類があることが驚きだった。

「そして忘れていけないのが、さぬきの夢2009。香川県産の小麦です。これはさぬきの夢2000の後継品種で、2000に比べて収穫量が約一割多く、製麺時の扱いやすさや食感に優れています」

普段は大人しいのにうどんのことを話すときのこの熱、間違いなくうどんオタクね。

途中からほとんど言葉が頭に入ってこなかった。

「全部、自分で取り寄せたのか？」と健太郎。

「はい。全国から小麦ばっかり集めやがって、と師匠には煙たそうな顔をされています」

「小麦って、そんなに違うものなのか」

「そうですね」京香が両手で一つの袋を取った。「このネバリゴシという品種は粘弾性に富んで滑らかです。こっちのきぬあずまは低アミロースであるために、触感のよいうどんになります。これらの小麦を配合し、塩加減や温度を工夫して打つわけです」

「うどんって難しいんだな。小麦粉と水を適当にこねてるんだとばかり思ってた」

「違いますよ」京香は声を大にして否定する。「師匠は毎朝、気温と湿度を気にして、水温まで調節して、様々な工程を微妙に変えています。繊細な作業なんです」

「あの親父がなー」健太郎は語尾をだらしなく伸ばした。「あれ、洗い場近くにあるそのうどんはうちの物じゃねえな。全体に黒みがかってる」

「これは大正時代に作られていたうどんを再現したものです。昔のうどんは小麦を石臼で挽いていたために、こういう色になるんです。食べてもらえばわかりますが、小麦の風味が強く柔らかい弾力性があります」

京香の足元にはどこで手に入れたのか石臼が置かれていた。

「その隣に置いてある麺は、昭和四十年代後半に作られていたものです。当時主流だったオーストラリア産のＡＳＷという小麦を使用しました。麺は大正時代のものより白く、小麦が粗挽きなので今よりもクリーミーですね。でも、風味を失うことなくコシが強くて噛みごたえがありますよ」

「勉強熱心だな」

健太郎はそう言ったが、わたしから見れば彼も同類に見えた。気づいていないだろうが、うどんに興味がなければ彼女の話をここまで聞くことはないだろう。

「師匠にも同じことを言われます」京香がくすっと笑った。「でも、それは健太郎さんのような褒め言葉ではないようでした。文献や資料、数字ばかりを見ていても技術は向上しない。そう言われましたから」

「昔気質ってやつは面倒なんだ。俺は京香ちゃんのやり方が間違ってるとは思えねえよ」

「……というよりも、わたしには師匠の真似はできません。天才ですから。わたしはわたしのやり方でしか上達しないと思うんです」

「その話は親父の前で絶対にするな。調子に乗る姿が思い浮かぶ」

「調子に乗っても許される腕ですよ」

「そんなに好きなのか、ここのうどん」健太郎が鼻から息を抜く。「京香ちゃんは何でこの店に修業に入ったんだ？」

「うどんが美味しかったから」

「美味いうどん店なんて、この町だけでも腐るほどある」

「……幸せの味、だからでしょうか」

食べると幸福になる。それほどの味。そういうことなのかな。

「俺はこいつのほうが幸せを感じるけどな」

健太郎がお団子を頬張る。

「おー、幸せだ」

「京香さん」わたしは声をかける。「いつもうどんの麵と小麦粉を持ち歩いているというのは本当ですか」

これも商店街の噂で耳にしたものだ。

「何だよ、そのエピソード」健太郎が軽快に笑う。「嘘に決まってんだろ、そんなの」

「本当ですよ」と京香。

「マジ？」

「いつも、というのは大袈裟かもしれません。でも、たいてい休日は持ち歩いていま す。勉強のためにうどんの食べ歩きをしているので、こそっとその店の麵を持ち帰るんです」

「小麦粉は？」

「……意味はありません」

「意味なく持ち歩いてるのか」

「いえ、ないことはないかな。香りが好きということもありますが、もっと勉強をしろ、という自分に対しての戒め的な意味合いもあります。持ち歩いていればいつでも勉強ができるという安心感でしょうか。受験生が単語帳を携帯する感覚ですね。あと、お守りでしょうか」

「変わってるな」

健太郎と同意見だった。

うどん店を出ると、外は真っ暗だ。頬を撫でる風がまだ生暖かい。よし、と内心で気合いを入れた。

テーラーに戻ってもう少し仕事をしようかな。

瞬く間に三日が経過した。

「今日も午前三時から厨房の隅でうどん生地を踏んでた」

健太郎が棒つきのアメを咥え、溜め息混じりにつぶやく。

「あのさ、ものすごく邪魔」

　彼は時実テーラー内にあるミシンの隣にしゃがんでいる。仕事に集中できない。

「休憩ならほかに行ってよ」

「分厚い靴下を履いてな、ビニールシートの下にある生地を踏むんだ。まんべんなく体重をかけろ、素早く細かく、10センチずつ移動だ、っていう偉そうな親父の声を聞きながらな」

　あら、お父さんの指示をよく覚えているわね。それにしても……。

「ねえ、わたしの声は届いてる？」

「聞いてねえ」健太郎は店内を見回す。「工業用のミシンにアイロン、生地の棚、裁断テーブル。店は狭いが、ひとりだと静かでいいよな」

　流行ってなくて悪かったわね。

「うどんの足踏みって何度もやらなくちゃいけねえんだ。生地を熟成させるために寝かせなんかを挟んで、何度も。ってことは、何度も親父の偉そうな声を聞かなくちゃならねえ。最初は体重をかけずに中から外に、生地が広がってきたら垂直に体重をかける、身体全体で回りながら踏み広げろ、踏み過ぎても食感は悪くなる……あー、嫌だ嫌だ」

　大変そうなのは伝わる。だからといって……。

「もう帰って働きなさい、ロックスター」

「なあ、何で生地を足で踏まなきゃならねえか知ってるか」

知るわけがない。溜め息が落ちた。

「グルテンを形成させるためだ。グルテンってのは穀物の胚乳から生成されるタンパク質の一種でな、こねて寝かせて足踏みすれば、グルテンが形成されて生地が強く弾力性のあるものになるんだってよ。強い粘弾性を持つと手では充分にこねられないだろ、だから踏むんだ。京香ちゃんに聞いた」

「へー、そう」

わたしには必要のない知識ね。そんなことよりも……。

「ねえ、仁亜には会えた？」

「……この世からいなくなった人間に会うのは簡単じゃねえよ。幽霊ってのが実在するなら、化けて出そうなんだけどな」

わかる気がする。仁亜はイタズラが好きだったものね……。

「あれ、あいつあんなところで何やってんだ」

あいつ？　仁亜ということはないわよね。

「ほら、あそこ」健太郎が店の外を指差す。「コンビニと金物店の隙間、路地にガキがうずくまるように座ってるだろ」

本当だ。少年は頭に黄色いキャップを被り、ランドセルを背負っている。

「大丈夫かな」わたしは立ち上がった。「ちょっと行ってくるね」

「じゃあ、俺も」

外に出て、少年に駆け寄った。

「よお」健太郎が先に声をかけた。「学校はどうした。サボりか？」

「おじさん、誰？」

細身で、前歯が若干飛び出した少年は全体的にシャープな印象だった。

「おじさん、か」健太郎がこちらを見る。「おばさん？」

瞬間的に彼の頭を叩いた。

「いてーな」

乙女心を傷つけた罰よ。

「お前から見りゃそういう年齢だがな」健太郎が少年を威圧する。「俺のことは健太郎さんと呼べ。この先のうどん店で働いてる」

少年は何かに思い当たったような表情で頷いた。

「ロックスターだ」

健太郎が少年のキャップのつばを指で弾く。

「誰に聞いた？」

「父ちゃん」少年がキャップを直した。「この先の薬局」

「高岡薬局」わたしは口を挟んだ。「高岡宗助君ね。確か、小学校四年生」

少年が頷く。

「で、宗助、何やってるんだ？」

「別に何も……」

「お前の父ちゃんは学校に行ってねえこと知ってるのか？」

「……うん」

嘘ね。

「じゃあ、確認してくる」

「待ってよ」

宗助が健太郎の腕を摑んで止めた。

「やっぱサボりか。俺にも覚えがある。大丈夫だ、秘密にしといてやる」健太郎が膝を折って少年の目の高さに合わせた。「けど、理由を教えろ。こんな寂しい場所でひとり、隠れるように座ってるってのは気になる」

「……言わなくちゃ駄目？」

「言わねえなら、高岡さんに報告する」

宗助は足元に視線をやって少しだけ悩み、顔を上げた。

「夏祭りのプロレス」

「あれな。青空プロレスが十九年ぶりに復活、俺も手伝わなくちゃならねえ」

「うちの父ちゃんが出るんだ」

「そうなのか?」と健太郎が首を捻り、こちらに訊ねた。

「確かそうだったわよ。あんた、雅彦から出場者名簿を貰ったでしょ」

「貰ったが、目を通してねえ」

青年団の集まりのとき出場者を知りたがっていたのは誰でしたっけ。

「高岡さんは確か、寿仮面だったわよね。今、わたしがマスクを作ってるのよ」

「え、姉ちゃんが?」

「おばちゃんだろ」

瞬間的に彼の頭を叩いた。今度は本気で。

「いてーな、暴力女。で、寿仮面って何だよ」

「そんなことも知らないの」

寿仮面とは、青空プロレスがはじまった四十四年前から存在する商店街を代表するレスラーのことで、覆面を被り、反則を厭わない悪役レスラーに対して正々堂々と立ち向かう正義のレスラーという位置づけだった。

「すげーじゃねえか」と健太郎。

「すごくなんてない」

宗助の声が大きくなる。

「名誉なことらしいよ」わたしは言う。「紳士服店の入山のおじさんなんて悪役。極悪ヒール役なんだって」

「知ってる」宗助の表情が曇る。「入山翼って息子が同級生だから」

「だったらもっと喜べよ」

健太郎が励ますように肩を叩いた。

「どうせ負ける」宗助の目が潤んだ。「父ちゃんはガリガリに痩せてて、どれだけ食べても太らなくて、あばら骨だって浮き出てるし、僕を肩車するのもやっとなんだ。プロレスなんて絶対に無理。翼君の父ちゃんなんてムキムキでさ、持ち上げられて投げ飛ばされたら死んじゃうよ」

「死ぬようなことはやらねえって」

高岡薬局の店主の姿を思い出す。肩幅が狭く、痩身な体躯《たいく》は確かに頼りなかった。

「学校で馬鹿にされるんだ」宗助が告白する。「僕の父ちゃんは勝てないって。翼君なんて、病院送りにしてやる、ってクラスのみんなとゲラゲラ笑ってさ」

「だから学校に行きたくないのか」

宗助が頭を縦に揺らした。

「僕が学校で馬鹿にされてるように、きっと父ちゃんも商店街で馬鹿にされてるんだ。

だから弱いはずの父ちゃんが寿仮面をやらされるんだよ。やられる姿を見て、翼君たちのように笑うに決まってる」

高岡薬局の店主が軽んじられているなどという話は聞いたことがない。

「そんな愚かなことはしねえと思うぞ」

「だったら、どうやって出場が決まったの？　それも寿仮面なんて……」

「さあ、よく知らねえな」健太郎がこちらを見上げた。「紗彩は？」

「わたしも知らない」

商店街の女性は青空プロレスに関して蚊帳の外で、関わりがなかった。関心もなかったけどね。

「ロックスターのおじさんはプロレスに出ないの？」

健太郎さんだ、と彼はしっかりと訂正する。

「出ねえよ、面倒くさい」

「ほらね、やっぱりそうだ。プロレスなんてみんな面倒で、きっと父ちゃんは押しつけられたんだ。気弱な父ちゃんは断りきれなくて、だから……」

「それはねえって」

「もういいよ」宗助は捨て鉢になって立ち上がる。「健太郎に言ってもわからない」

「さん、をつけろ」健太郎は冷静に言う。「どうでもいいが、学校には行け。笑われて行かなけりゃお前の負けだぞ」

「健太郎さんもサボってたんでしょ」

「だからこそ言ってる。学校には行け」

「……うん、わかった」

宗助は溜め息混じりに頷き、背中を丸めた。その姿勢のまま立ち去る。

「宗助君」わたしはつぶやく。「明日は学校に行くかな」

「無断で休んだんだ。学校から連絡がいくからな、明日は行くんじゃねえか。そのあとは、あいつ次第だ」

テーラーのガラス戸を開けると、健太郎もついて来る。

「ねえ、まだ自分の店に帰らないの？」

健太郎が腕時計を確認した。

「まだ少し休憩時間が残ってる」

「だったら、ジャケットでも作る？　採寸しようか」

「誰がお前に頼むかよ。一着、十万円以上するんだろ」

それだけの価値はあるのよ。

「十万円なんて安いほうだから」

「で、さっきから何やってんだ。耳の横でガガガってミシンの音がうるせんだけど」

仕事よ、仕事。

「寿仮面のマスク。さっきも言ったでしょ、ボロボロになった昔のマスクを見ながら新しく作り直してるの」

「へー、そう」

興味がないにもほどがある……。それから十分ほど仕事の邪魔をされた。

「さて、帰るか」

健太郎が腰を上げた。

「あ、そうだ。祭りの当日、テレビがプロレスの取材にくるんだって。健太郎も映るかもしれないいんだからさ、髪を切って少しは小綺麗にしたら？」

「どうせ地元のテレビ局だろ」健太郎がガラス戸を押し開ける。「興味ねえよ」

計画には誤算がつきものだ。しかし、それが自分の身に降りかかるとは思っていない。祭りの前日である土曜日、事件が起こった。

洋装店にデニムの裾上げを頼まれ、でき上がった商品を持って行った帰りのことだった。自分の店に戻ったわたしは一瞬にして額に大汗をかく。

店を飛び出した。午後の商店街を走る。

勢いを保ったまま佐草うどん店に入った。昼食のピークはすでに過ぎていたので、店内には数人のお客さんしかいない。

「健太郎」わたしは爪先立ち、厨房に顔を突っ込んだ。「マスク、マスク」

「ここはうどん屋だ」

健太郎は洗い物をしながら対応する。

「マスクがほしいなら薬局に行け」

「そうじゃなくて、寿仮面のマスク」激しい運動のせいで喉に違和感がある。「なくなったの、どうしよう……」

店のどこを探しても見つからなかった。

「どこかで見たな」健太郎が思考の時間を作った。「あ、お前の店だ」

「冗談じゃなくて、本当にマスクがなくなったの。完成して裁断テーブルに置いていたんだけど、少し店を離れた隙に……」

「お前、また店の扉に札をかけただけで鍵をしなかったんだろ」

その通りだけど……。

「説教は聞きたくない。ねえ、マスクを知らない？」

健太郎が手についた水滴を振って飛ばす。

「それなら、マスクはやっぱ薬局だ」

「だ、か、ら」腹が立つ。「花粉症の時期じゃないし、風邪だって引いてない」

「違うって。寿仮面のマスクはたぶん薬局にある」

「高岡さんにはまだマスクを渡してない」

「その息子だよ、宗助が盗ったんじゃねえか。裁断テーブルの上に置いてたんなら店の外からも見えるよな。鍵が開いてて無人だったら、そりゃ盗りたくもなる」

わたしのせいなの。口を尖らせた。

「どうして宗助君が？」

「マスクがなくなれば寿仮面の出番はなくなる。父親がプロレスに出場することもない。そう考えたんじゃねえか」

なるほど、小学生の短絡的な犯行ということね。

「おい」佐草作治の声が厨房に響く。「面倒なことに首を突っ込んでんじゃねえだろうな」

「面倒じゃねえよ」健太郎が父親に言葉を叩き返した。「息子は父親で苦労する。そういう簡単な苦悩の物語だっつうの」

「わけのわからねえことを偉そうに言いやがって」

「息子にしかわからない苦悩だ」

「手が止まってるぞ、さっさと仕事を片づけろ」

健太郎は舌打ちをし、皿洗いに戻る。

「宗助が盗ったんだとしても許してやれよ」健太郎の声が聞こえた。「高岡さんにも内緒だ」

そりゃ盗りたくもなる。健太郎の声がまだ耳の奥に残っていた。

少しだけ、ほんの少しだけわたしにも責任があるかな……。

「わかった」頷いた。「ちょっと行ってくる」

健太郎の推測通り、マスクは宗助が盗んでいた。彼は涙を浮かべて何度も謝罪し、肩を落とした。

「マスクを盗んで怖かった」

宗助がそう告白したので、理由を問い詰めなかった。きっと健太郎の言った理由が犯行動機なんだと思うし、ね。

反省と後悔。身に染みただろう。

八月七日、夏祭りの当日。寝苦しさによって目が覚めた。窓から遠くの空を眺めると、白い入道雲が立ち昇り、午前七時が過ぎると急激に不快指数を上げた。父親に声をかけ、家を出る。

青空プロレス準備のために、健太郎を誘いに行く。あいつと連れだって外出なんて中学生以来かな。

いつもは商店街のどの店よりも早く開店する佐草うどん店だが、今日は祭りということもあって他店と歩調を合わせ、午前十時に開店する予定だった。だからまだ入り口に暖簾がかかっていない。裏口に回る。

厨房には健太郎だけではなく、京香の姿もあった。挨拶を向ける。

「何やってるんですか、京香さん」

彼女は自分の人差し指を咥え、考え込むような表情を浮かべていた。

「今日は時間に余裕がありますから、実験と研究を」

熱心だろ、と健太郎が苦笑する。

「その白いものは、また小麦ですか？」

「塩です。やはり岩塩よりも天然塩のほうがうどんとの相性がいいようです。岩塩は海水の蒸発によって形成された海塩ですが、にがりの成分であるマグネシウムが長年の風雨などによってさらされるんですね、ほとんど残っていません」

まだ頭が完全に起きていないので、スムーズに言葉が入ってこない。

「にがりって、あの塩辛いやつか」と健太郎。

「苦味や渋みも含まれます。雑味《ざつみ》のないものになるかとも思いましたが、物足りなさを感じました。苦味も味覚にとって重要な成分なんですね」

「小麦だけじゃなく、塩でも変わるってことか」

「塩はタンパク質をほぐす酵素の働きを弱めて発酵を抑え、グルテンを引き締めることで生地の緩みや腐敗、乾燥を防ぐ効果があります。季節によって気温が違うので、塩の量で発酵速度を調節するんです」

　健太郎が何度も頷く。

「小麦と塩、それに水。讃岐うどんって考えられた食い物なんだな」

「昔から讃岐ではうどんの材料となる小麦や塩の生産が盛んでしたから、そのようなうどん技術や文化が根づいたんでしょうね」

「あ、まずいよ、健太郎」

　わたしは自分の腕時計を見る。

「青年団の仕事、遅れちゃう」

「もうそんな時間かよ」

　玩具を取り上げられた子供みたいな顔をしないの。

「じゃあ、あとはよろしく京香ちゃん」

　そこへ作治と文子が現れる。

「紗彩」作治だ。「健太郎をこき使ってやってくれ」

「そういうことを言っちゃ駄目ですよ、作治さん」と文子がたしなめる。

「仲がいいな、お二人さん」

健太郎がからかい、うどん店を出た。

図書館の広い駐車場が、プロレスの会場だった。仕事は会場の設営だ。リングはプロレス同好会の学生が主導して組み立てていく。健太郎を含めた男連中はその手伝い。わたしはお客さんが座る椅子を並べて、来賓用のテントの設置。すぐに汗をかいた。

午後が近づくと、ようやく青年団の仕事から解放される。商店街はどの店も、この機を逃すなとばかりに店舗の前に机を出し、商品を置いていた。洋装店のおばちゃんは何の関連もないイカ焼きを販売している。

「腹が減った」と健太郎が開口一番に不満を言った。

「あっ」混雑した視線の先に知った顔を見つけた。「あれって雄太じゃない？」

健太郎が大声で幼馴染に声をかける。

「雄太、暇そうだな。非番か？」

彼は私服姿だった。

「まあ、そうだけど……」雄太は胸騒ぎを感じたに違いない。「これからうどんを食べに行こうか、と」

また京香さんのところね。奥手な男子って微笑ましい。

「もうすぐプロレスがはじまる。観客の誘導や整理をしなくちゃいけねえんだけど、手伝えよ」

「僕が？　だって商店街の人間じゃないし……」

「友達だろ。それとも何か、雄太は友達に手を貸さない薄情な人間なのか。京香ちゃんに伝えたら、がっかりするだろうな」

「……健ちゃんさ、今度からは微罪であっても見逃さずに検挙するから」

「お、言うようになったじゃねえか」

「懐かしい三人組がそろっとるな」

唐突に声をかけられ、わたしたちは同時に後方に視線をやった。

雄太の祖父、阿野茂吉だ。母親の死後、雄太の父は妻のあとを追うように病に伏し、亡くなった。そのため雄太は寿商店街で金物店を経営する茂吉に育てられた。

彼は店の前に小さな机を出し、鍋や大工道具を並べている。腰は曲がっておらず、背筋がしゃきっとしていた。

「小学三年のとき、うちの店で釘を万引きしようとしてたのが昨日のようじゃ」

「わたしは無関係です」はっきりと言う。「万引きしようとしてたのは健太郎だけです」

「親父にぶん殴られたな」健太郎が溜め息をついた。「茂吉じいちゃん、今年で八十一歳だろ。そろそろぼけたらどうだ」

「ここと」茂吉が自分の頭を指す。それから腕を曲げ、力こぶを作った。「体力だけはまだまだ負けん」

「その二つが達者なら若者は太刀打ちできねえじゃねえか」

「ロックスター」茂吉が静かに呼びかけた。「人生に近道はない」

「また出たよ。茂吉じいちゃんのいつもの金言だ」

幼い頃からわたしも何度も聞かされた。つづく言葉は……。

「恨むな、ひがむな、いつかは報われる」

「恨んでひがんで叫ぶのがロックなんだよ」と健太郎は反論した。

「おい、紗彩」

視線を向けると、父親がいた。口の周囲に髭を生やし、四角張った体格。健太郎の父親である作治とは幼馴染なのだそう。寿商店街のスタッフTシャツを着ている。彼も理容室を経営している寿商店街のメンバーなのだ。

「何？」

「あいつを見なかったか？　にやにやした顔で祭りを楽しんでるらしい」

「あいつ……」

もしかして、小西友則のことを言っているのだろうか。父が誰かをあいつ呼ばわりするのは、今のところ彼しかいない。

「ちょっと、もうやめてよ。終わったことなんだから」

小西友則、寿商店街にある写真店の息子だ。店は継いでおらず、今年地元の銀行に就職した。わたしよりも年齢は五つ下、そんな子供に熱を上げ、わたしは捨てられた。

「見てないならいいんだ。見なくていい、見るな」

祭りに来ているなら、すれ違うこともあるだろうに……。

「無茶言わないでよ」

「なあなあ、おっちゃん。さっきから話題のあいつって、紗彩の元恋人のことか」

「まずいって健ちゃん」と雄太が発言を制した。

「ロックスター」父が健太郎を睨む。「安易な発言はやめたほうがいい」

「そういう目はいかんぞ、邦夫」茂吉が割って入った。「昔の悪たれ小僧が顔を出しとる」

父が頭頂部を掻く。

「とにかく、紗彩は見るな。頼んだぞ、ロックスター」

「頼まれても、俺は知らねえぞ」

父は視線を周囲に飛ばしながらその場を離れた。

ほんと馬鹿な父親。失恋なんてはじめてじゃないし、わたしはもう子供じゃない。

プロレスが行われる会場へと戻る。商店街の通りから一本外れた大通り沿いにあり、子供の声が蝉にも負けず聞こえてくる。昼食を終えたわたしたちは早速、会場に足を向けた。

三階建ての図書館の一室がレスラーたちの控え室となっていた。今日は利用者が多く、

「早いお戻りですね、佐草先輩」

青年団団長の木南雅彦だ。

「助っ人を連れてきた」健太郎が隣を指差す。「雄太だ、知ってるだろ」

「いいんですか、阿野先輩」

「まあ、時間はあるから」

「助かります」雅彦が頭を下げた。「あれ、佐草先輩、髪を切ったんですね」

小さな変化だけれど、サイドの髪がこざっぱりしていることに今気づいた。理容室の娘、失格ね。

「何だよ、悪いか」健太郎が巻き舌ぎみに言う。「あれだからな、地元のテレビ局が取材に来るから切ったんじゃねえからな。ちょうど髪を切るタイミングだったんだ。もしかしてテレビに映るんじゃないか、って思ったんじゃねえぞ」

「……何も言ってませんよ、先輩」

「勘繰るなよ、テレビなんてどうでもいいんだ」

わたしは笑い声を放出した。

プロレスは想像以上の盛り上がりを見せた。リングを囲む椅子はすぐに埋まり、立ち見のお客さんも多い。街灯に取りつけられたスピーカーからは観客を煽る実況の声が聞こえてくる。担当するのは、プロレス同好会の学生だ。

「いいじゃねえか、大成功だな」

健太郎が言う。観客の誘導を終えたわたしたちはリング近くの席を陣取り、観戦していた。

リング上では長髪を金色に染めた学生と、靴屋の長男が組み合っている。金髪の学生を持ち上げてマットに叩きつける。激しい音が響き、歓声が沸いた。女性や子供も椅子から立ち上がる。

靴屋の長男は胸筋を強調するかのように上半身を反らした。

「おーい、学生」健太郎が叫ぶ。「手を抜くな、おっさんをマットに沈めろ」

プロレスに興味はなかったけれど、闘っている姿を目の前で見ると不思議と熱くなる。隣の健太郎と雄太は拳を握っていた。学生のほうに肩入れしているらしく、攻撃を受けると二人とも瞬間的に避けた。

眼前で繰り広げられる光景は想像を上回るものだ。直接的な痛みが届きそうでもある。見栄えのいいプロレス技は観客へのサービスとアピールだ、と健太郎が冷めた発言をしたが、どう見ても高揚していた。

結果は、靴屋の長男の圧勝。リング上の彼がこちらを見つけ長い舌を出して茶化した。八百長だ、と健太郎が不満をぶつける。

「寿仮面の出番まではあと四試合ね」わたしはパンフレットを広げた。「大丈夫かな、高岡さん」

「次は学生同士の対戦か」健太郎がパンフレットを覗き込む。「S太郎とウルフ島……変なリングネームだな」

「本当のリングネームはもっと過激らしいよ」雄太だ。「さっき聞いたんだけど、S太郎は肛門の星。ウルフ島はシコシコ島」

「下ネタじゃねえか。なあ、紗彩」

「わたしに話を振らないで」

午後四時、メインイベントの時間が近づいた。後ろが騒がしく振り返ると、最終戦の主役を張る寿仮面の息子、高岡宗助がいた。数人のクラスメイトと思しき少年たちに腕を摑まれ俯いているということは無理やり連れて来られたのだろう。

少年たちの中にひときわ身体の大きな男の子がいる。彼が入山翼だ。寿仮面と闘う悪役レスラー、紳士服店入山の店主の息子。父親と顔がよく似ていた。

「お前ら、こっちに来るか」

健太郎が少年たちに声をかけ、手招きする。先ほどちょうど周辺の席が空いたのだ。

少年たちは礼を言って席を確保する。宗助は睨んでいた。

「これでよく見えるな」と入山翼。

「僕は別に見たくない……」

宗助の声は消え入りそうだった。

激しい音楽に乗って、まずは入山が入場する。膝まで隠れる黒いレスラーパンツ。目の回りに黒いペイントをしていた。悪役らしく観客を挑発し、分厚い胸板を見せつける。リングに上がり、コーナーポストに上がって何かを叫んだ。

翼は拳を突き上げて喜んだ。ほかの席からも入山を激励する声が飛ぶ。

音楽が切り替わる。反対側のコーナーからマスクを被った男が姿を現した。

笑い声が広がる。心配の声が聞こえた。入山を激励したのとは違う、侮蔑の感情が含まれた声援がかけられた。

仕方ないことかもしれない。寿という漢字を緑色のマスクの額に縫いつけた男は肩幅が狭く、衝撃に耐えられるほどの厚みもなかった。強風で倒れてしまいそうなほど頼りなく、歩幅も小さい。威勢を振るうこともせず、後頭部を掻いて会釈しながらの入場だった。人柄のよさだけは伝わってくる。

翼が高笑いを鳴り響かせた。その隣で宗助がしゅんとする。

リングの中央で入山が相手を見下ろし、寿仮面が相手を見上げた。レフリーから言葉をかけられる。寿仮面は緊張のためか膝が震えているように見えた。

両者が下がり、短い間ののち、甲高いゴングの音が会場に広がった。

直後、二人はリングの真ん中で激突する。予想に反して、寿仮面が入山の胸にチョップを連打した。けれど、入山はその場に仁王立ち、効果のほどは皆無。それどころか攻撃を仕掛けている寿仮面本人の手が痛んだようで、途中で攻撃を諦めた。

早くも寿仮面の息が乱れる。入山はいったんロープに身体を預け、反動を利用して肩をぶつけた。衝撃に耐えられない寿仮面はマットに叩きつけられる。

「イェーイ」と翼が歓喜の声を上げた。

寿仮面はふらふらと立ち上がる。「おらおら、どうした」と観客から野次が飛んだ。

宗助は見ていられないのか、ずっと視線を足元に落としている。

父親のやられる姿なんて見たくないよね。声がかけられなかった。

リングの左方で、二人が手を組み力比べがはじまった。最初はシーソーのように優劣が交互に変わったが、数十秒もすれば勝敗は決する。寿仮面が膝を突き、肩を震わせた。きっとマスクの下の表情は苦痛に歪んでいるに違いない。

入山が寿仮面の股に腕を入れて抱え上げた。天地逆さまになった寿仮面は足をバタバタとさせてももがくが自由になれない。そのまま投げ捨てられる。

「ボディスラム！」

どこからかそんな声が聞こえた。

一方的な試合だ。入山は攻撃をことごとく受け止め、跳ね返し、自分の攻撃を的確にヒットさせる。無駄な動きはなく、体力の消耗も少ない。他方、寿仮面のほうは自分の攻撃さえもダメージになる始末で、すでに体力も限界に近い。多量の汗をかいていた。

「勝つ見込みってある？」

わたしは隣の健太郎にぼそっと訊ねた。

「俺に訊くんじゃねえよ。今のところ弱い者いじめだな」

「お前にはそう見えるのか」

声が聞こえて振り向くと、試合を終え着替えた靴屋の長男が立っていた。

「ほかにどう見えるっつうんだよ」健太郎が反抗的に返す。「ボロボロじゃねえか、高岡さん」

「立つぞ」

リングに目を移すと、靴屋の長男の言う通り寿仮面が足に力を入れて立ち上がる。

しかし、さらにダメージは蓄積され、体力は削られただろう。

「入山さん、手加減してあげてよ」

わたしは祈るような気持ちになった。

「お前ら、高岡さんが何のために闘ってると思ってんだ」と靴屋の長男。

「正義のためだろ」

「健太郎、そりゃ寿仮面的な答えだな」

「じゃあ、何だっつうんだ」

「プロレスに出場するのはやめてくれ。高岡さん、息子にそう言って頭を下げられたそうだ。理由は聞かなかったそうだが、自分の父親が負けるなんて恥ずかしい、友達に馬鹿にされる、とそんなところだろう」

宗助はまさにそのことを恐れていた。

「その通りになってるな」健太郎はリングを見つめる。「もう負けそうだ」

「このままじゃ終わらない。高岡さんな、寿仮面を引き受けるとき、こう言ったんだ。父親の姿を見せるいい機会かもしれない、ってな」

「……父親の姿ですか」

わたしは自分の父を思い出した。父親とはどういう存在なのか。今まで考えたことなどなかった。娘の元恋人を血相を変えて探す父……。

どう理解すればいいのよ。苦笑した。

寿仮面が頭突きを受け、ゆらゆらと左右に揺れ動く。ガクッと腰が落ちたが、膝を突くことは何とか耐えた。けれど、反撃に転じることはできず胸に掌底《しょうてい》打ちされ、結局倒れる。仰向けに倒れたまま起き上がれない。

やり過ぎだぞ、と観客席から声が上がった。かわいそうだろ、と別の場所から声が飛ぶ。

「もうやめてよ」

宗助がつぶやく声が聞こえた。

直後、会場全体に驚きを内包した声が広がる。地響きのような声。

寿仮面が立ち上がる。肩を大きく上下に揺らし、膝を伸ばした。腰を曲げた姿勢で一歩前に踏み出す。

タイミングを狙っていたかのように入山の回し蹴りが炸裂した。寿仮面はまたも後方へ倒れる。

「あー、またやられた」観客の嘆き。「おい、頑張れ、寿仮面」

その声援がきっかけとなり寿仮面の名を呼ぶ大合唱となった。手拍子も加わる。

寿仮面が上半身を起こす。立ち上がるのが待てなかったのか、悪役の入山が後ろから寿仮面を蹴り、うつ伏せに転がった。

「イエーイ」と翼が両手を挙げた。

入山がうつ伏せになった寿仮面に跨《また》がる。両足を抱え相手の身体を反らせた。腰がギシギシと悲鳴を上げている。

寿仮面はマットを叩いて痛がった。レフリーが近寄り、ギブアップの意思を確かめる。二人のレスラーを応援する声がさらに大きくなった。

宗助がはじめて顔を上げた。けれど、眼前の光景を目にした彼はすぐに視線を外す。

「あれが父親の姿かよ」健太郎が大きな声で言う。「何をどう見せるっていうんだ、アホらしい」

宗助が振り向いた。真っ赤な顔をして健太郎を睨みつけている。声を震わせながら言う。

「馬鹿に、馬鹿にするな！」

「だよな」健太郎は手を伸ばし、小さな肩に手を置いた。「あれは馬鹿にしていいもんじゃねえ。お前の父ちゃんは間違いなく男だ」

宗助の目から大粒の涙がこぼれ落ちた。

「そうだよ、宗助君」わたしは小さな身体を半回転させた。「見ないってことは馬鹿にしてるのと同じだよ。ちゃんと見てな」

寿仮面はマットにしがみつくようにして痛みに耐えている。

「寿仮面は諦めてない」と雄太が声を張った。

「おい、宗助」健太郎が呼ぶ。「お前は父ちゃんにどうなってほしいんだ？」

いじけるように口を尖らせた宗助は俯く。答えが出るまでは短い間であったけれど、彼は必死に考えたに違いない。そののち動いた。両手で口を囲うと、大きく息を吸い込む。

「父ちゃん、頑張れ！」

とても大きく伸びのある声援だった。

「やっつけろ」

息子の声がリングまで届いたのか、それはわからない。しかし、寿仮面に力が宿ったように思えた。少しずつ、本当に少しずつではあるけれど、ロープに向かって進む。必死に腕を伸ばし、状況を打破しようと懸命だった。

「もう少しだ、寿仮面」

雄太が叫んだ。追随するように観客から応援の声が飛ぶ。宗助も声のかぎり父親を応援した。

わたしも声を出す。長い時間に感じられた。数センチが遠い。

じりじりと動く寿仮面の細い指がロープにかかった。レフリーが入山の背中を叩き、引き剝がす。

歓声が沸き、「よく頑張ったぞ」とねぎらいが添えられた。

「立て、父ちゃん！」

宗助が声を嗄らす。するとそばにいたクラスメイトの何人かも寿仮面の応援をはじめた。翼は先ほどまでの勢いを萎《しぼ》ませ、黙ってしまう。

リングの中央で対峙する二人に変化が起こった。勢いはそれほどでもなかったが、寿仮面の蹴りが入山の脛《すね》に当たり、悪役の彼がはじめて大きな音を響かせ倒れたのだ。

寿仮面が跳ね、入山の胸部に足を落とした。二度、三度と繰り返す。最後はコーナーポストの中段まで上り、高い位置から足を落とした。

すぐに立ち上がった寿仮面は入山をひっくり返してうつ伏せにさせる。跨がった。両手で入山の顎を摑んだ寿仮面はそのまま身体を後方に反らせる。細い腕に小さな筋肉が盛り上がり、身体が紅潮する。

「キャメルクラッチ！」

誰かが叫んだ。

レフリーが入山に顔を寄せる。ギブアップ意思を訊ね、すぐにすっくと立ち上がった。頭の上で大きく両腕を振る。

激しくゴングが鳴った。寿仮面が立ち上がり、レフリーが腕を摑む。高々とその手を挙げた。

今日一番の拍手が起こる。寿仮面に様々な内容の慰労の言葉が向けられた。

「父ちゃん、かっこいい」

宗助がはしゃぐ。

「いい試合だったな」と健太郎。

「いい父親の背中だったろ」と靴屋の長男が言った。

「偉そうだな」

「去年、息子が産まれた。俺も父親だ」

靴屋の長男は穏やかに表情を崩し、立ち去った。


プロレス会場の隅ではまだ熱気がくすぶっている。瞼を閉じれば寿仮面の活躍がはっきりと思い出された。わたしたちは会場を撤去するためにまだ会場にいる。椅子に腰掛けてリングの解体を見つめる健太郎に声をかける。

「何やってるのよ。助っ人の雄太のほうが働いてるじゃない」

頼まれたことをせっせとこなす雄太の姿は表彰に値する。

「お前だって俺を注意するふりして休んでるんだろ」

痛いところをついてくるな、こいつ。

「少しくらいいいでしょ」

彼の横に座った。

「宗助のやつ嬉しそうだったな」健太郎がつぶやいた。「リングに上がってトロフィーを抱える父親のそばで誇らしげだった」

「そうだね。そんなことを思いながらぼうっと片づけを見てたの？」

「俺がギターをはじめたきっかけを知ってるか」

突然、話題を変えたわね。

「さあね、興味なかったもん」

「あるバンドの音楽を聴いて心が震えたんだ。たった一曲で俺の心を動かして、虜にした。直視できないくらい眩しく輝いててな、自分もああなりたいって思った」

短い沈黙が流れた。健太郎の溜め息が聞こえる。

「なれると思ったんだ、かっこいい人間に……けど、駄目だった」

ようやく告白したか。「そう、それは残念」

「俺には才能も努力も信念も足りなかった。ただのアホだ」

「そう落ち込まないでよ。寿仮面も何度も立ち上がったじゃない。あの姿はそう、ロックだったよ。ね、ロックスター」

「やめろ」健太郎は力なく笑う。「俺はロックでもスターでもねえ。輝けなかったんだからな」

「よお、お二人さん」

大きな影が突然現れ、どかっと健太郎の隣に腰を下ろした。先ほどまでリング上で奮闘していた入山だ。

「お、悪役レスラーの登場か」

　健太郎の軽口に、彼はからっと笑う。

「試合、観戦してたんだろ。どうだった？」

「……昔のことを思い出した」

「昔？」

　入山が上半身を前に倒し、健太郎を覗き込む。

「昔、俺がまだ幼稚園の頃、よく親父とプロレスごっこをしてた。本気で蹴って、殴って、締めつけて、俺はいつも勝ってた。全戦全勝だ。俺は親父の前じゃ最強だった」

「作治さんが手加減してたんだろ」

「そりゃそうだ。最初は劣勢でも、最後には勝つ。それは親父が手を抜いてたからだ。入山さんもそうだろ、あの逆転劇には裏があった」

「え、そうなの」

　わたしは驚く。

「息子とプロレスをする父親は絶対に勝てない」入山が言った。「正義のレスラーと闘う悪役は絶対に勝てない。どっちも当然のことだ」

「やっぱ台本通りの八百長かよ」

「そりゃ違うな」入山が両手で自分の太腿を叩く。「俺は試合の前から負けてた。高岡さんは商店街の男連中みんなの声で、寿仮面に選出されたんだ。次点が、俺」

「俺の意見が入ってねえな」と健太郎。

「新参者が偉そうに」

入山が豪快に笑った。

「商店街のみんなはどういう基準で高岡さんを選んだんですか」

わたしは気になって訊ねた。

「商店街の中でもっとも人情に厚く、信頼がおけ、道義心に溢れる男。昔から寿仮面のマスクを被る男はそう決められている」

「それが高岡さんですか」

彼の姿を思い出すが、人物像に合致せず頷けなかった。

「紗彩ちゃんは何も知らないだろ。俺も高岡さんに一票を投じた。その時点で俺は負け。あの試合は八百長じゃなく、そうなるべくしてなった結果だ」

「入山さんが納得してんなら別に構わない」健太郎だ。「あれはいい試合だった。けど、息子には説明が必要かもな。翼は父親の勝利を信じて疑ってなかった」

「ちゃんと話すさ。父ちゃんは商店街の中で二番目に凄い男だ、ってな。それに約束もする。来年は父ちゃんが寿仮面だ、と」

入山が立ち上がった。

「何か用事があって声をかけたんじゃないのか」

「おお、そうだった、ロックスター」入山がぱちんと手の平を合わせる。「今夜、特設ステージで音楽ショーをやるだろ。それなのにギターを弾く約束だった人間が現れないんだ。連絡も取れず困ってる。お前やってみないか」

健太郎は舌打ちを響かせた。「面倒くせーよ」

わたしは真っ直ぐに見つめる。

「商店街のために働きなさい、ロックスター」

「俺のギターが聴きたいって、素直にそう言え」

「はいはい、聴きたい聴きたい」

入山が去る姿を眺めながら、健太郎が口を開いた。

「あれも父親の姿か」

「大きいよね」


健太郎が自分の部屋にギターを取りに戻る。わたしもついて行った。プロレス会場の撤去作業は体力的にきつく、逃げ出したというわけだ。

その道中、商店街の中ほどで京香を見つけた。健太郎が声をかける。

「店は？」

「今日はいつもより早く麺がなくなったので、早仕舞いです」

だから彼女は白衣姿じゃないのね。

「それでぽっかりと時間が空いたので、気になっていたうどん店を訪ねようと行ってきたところです」

「また研究ですか」とわたし。

「海の近くに新しいうどん店がオープンしたのを知っていますか。どんなものか食べに行ってみました」

「相変わらず熱心だな」健太郎が呆れる。「で、評価はどう?」

京香は味を思い出すように間を空けた。

「美味しかったです。出汁はもう少し改良の余地があると思いますが、麺に関していえばもちもちとした歯触りが心地いい、中讃地域らしい4・71ミリの麺でした」

「やけに詳細だな。もしかして、麺の太さを測ったのか」

京香はトートバッグに手を入れ、ビニール袋に入った数本の麺を見せた。

「麺の太さは重要です。太さによって味の印象は大きく変わりますから」

「親父はいい加減に切ってるように見えるがな」

「いい加減ですよ」

「え、いい加減なのかよ」

あんたが言ったんでしょ。わたしは内心でつぶやいた。

「そのいい加減さが難しいんです。師匠はあえていい加減になるように手切りにこだわっています。機械を用いて作った同じ太さのうどんも、それはそれで美味しいんです。そちらのほうが好みという人もいる。でも、師匠は手切りにすることで麺の太さが不揃いになることを狙っているんです。口に入れた際の食感が面白いですから」

「うどんを食って面白味を感じたことはねえな」

「師匠はもっと気を配っています。ぶっかけなどの冷えた出汁には細麺、かけには太麺とメニューによって異なる麺を用いるのはもちろん、季節によってお客さんの好みが変わることに考慮して、ミリ単位で麺の太さを調整しています」

ふんふん、と健太郎が知識を吸収するように何度も頷く。

「さっき中讃地域らしいって言ってたが、ほかの地域じゃ違うのか」

「はい。県西の麺のほうが太く、県東の麺のほうが細い傾向にあります。これは昔から言われてきたことで、理由は様々あって、はっきりとはわかっていません」

「県西は県東に比べるとうどん店が多いからな。うどんが太いと生地の扱いや茹で時間によって麺の個性が出しやすい。それで他店との差別化を図ろうってことかもしれねえな」

「それも理由の一つです」

わたしは素早く隣を見る。健太郎がうどんを語った……。

「何だよ、紗彩。言いたいことでもあるのか」

「ない」

この男は自分の中にあるものにまだ気づいていないのかな。

何かを好きになる瞬間を自覚できる者は少ない。いつの間にかそのものに夢中になっていて、あとから気づくものだ。わたしの洋裁もそう。「何時間ミシンの前で座ってるんだ」と父に指摘され、はっとした。得てして第三者のほうが他人の心の動きに敏感なのかもしれない。

「それにしても京香ちゃん、うちで働いてもう三年半だろ」健太郎が言う。「独立とか考えてねえのか」

「まだまだです」京香は大袈裟に首を振った。「わたしなんてまだ職人とも呼べません」

「職人だ」健太郎の声におだてや軽率さはない。「京香ちゃんが職人じゃないなら、職人ってどういう人間のことをいうんだよ」

「昔、師匠に言われたことがあります。難しいことを簡単にやり、簡単なことを慎重にやる人間。そういう職人になれ、と」

「……偉そうに言いやがって」

「まだまだです」京香はもう一度言った。「健太郎さんたちはこれからどちらに？」

「今からライブで、ギターを取りに行くんだ。あ、そうだ、この先のプロレス会場に雄太がいるはずだから声をかけてくれないか。挨拶だけでいい」

「どうして、ですか？」

「そんなことだけで今日一日が幸福だったと感じられる男がいるんだ」


ギターケースを抱えて特設ステージに急ぐ途中、人だかりができているのに気づいた。夕刻の寿商店街を街灯が明るく照らしている。金物店のあたりだ。

「何、何」健太郎が物見高く分け入る。「何の騒ぎだよ」

荒っぽい怒声が響いた。聞き覚えのある声だ。「恥を知れ」と肩を怒らせてがなる父親の姿があった。

「ちょっと、お父さん」

父の視線の先に、小西友則がいた。昔の恋人……。身長が高く、細面の涼しい顔。

「ふざけんなよ、おっさん」小西が自分の頭を手で押さえている。「いきなり殴りかかってきやがって」

嘘でしょ、父が彼を殴ったの。どうしてそんなことを……。わたしが振られたから？

「よお、久しぶりだな」健太郎が割って入る。「といっても、あんまり関わり合いはなかったっけ。なあ、写真屋の息子」

「ロックスターか」小西は健太郎から視線を外し、こちらを見た。「紗彩、どうにかしろよ、お前の父親だろ」

声が出ない。すぐに対応できない。固まった……情けない。

「父子家庭だからって過保護すぎるんだよ。子供の恋愛沙汰に親が出てきてんじゃねえよ」

「娘に謝れ」と父が声を上げ、「喧嘩売ってんのか」と健太郎が唾を飛ばした。

「もういいから二人とも」わたしは必死に止める。「どうしてこんなことになってるのよ」

「こっちが聞きたい」と小西。

「ねえ、お父さん」父と向き合った。「ちゃんと話して」

父は目線を下に落とした。

「こいつが新しい恋人と祭りに参加してるところを見て、頭に血が上ったんだろ」

健太郎が言った。

「午前中のことを思い出してみろよ、紗彩。おっちゃんはお前にこいつのことを見るなと言った。それはなぜか。いくつか理由は思いつくが有力なのは、新しい恋人と祭りに参加してるこいつの姿を、まだ失恋の傷が癒えてねえ娘に見せるのは忍びないと思ったんじゃねえのか」

傷が癒えていない……。やめてよ、もうとっくに乗り越えているわよ。

「そういうことなの？　お父さん」

「あ、ああ」父が所在なく後頭部を掻く。「……まあな」

「馬鹿」言葉を叩きつけた。「そんなことで暴力を振るうなんて最低よ」

「それは違うぞ」人垣の中から茂吉が顔を出した。腰に手を当て小さく嘆息する。「わしが余計なことを言うたんじゃ。友則と恋人がふらっとわしの店に立ち寄った際、二人と話をした。その話の中で、付き合いはじめて二年になると言うたんで、の」

「紗彩と付き合ってた時期と被るな」と健太郎。

嘘……そうなの……。癒えたはずの傷がじくじくと痛みはじめる。ううん、違う。傷はしっかりとまだそこにあったのだ。

「娘は恋人にさえなってなかった」父が奥歯を噛み締めるように言った。「ふざけてるのはどっちだ、小僧」

わたしは彼に遊ばれただけだったの……。

「だからって」声が微震していた。「殴っちゃ駄目……」

「……そうだな」

「謝るなよ、おっちゃん」健太郎が半歩前に出る。「おい、写真屋の息子。謝罪してほしいか？」

舌打ちが聞こえた。

「いらねえよ」

小西は人垣を押しのけ、去った。

「ほら、帰れ帰れ」健太郎が野次馬を散らす。「もう終わりだ」

「悪かったな、紗彩」

父の声は沈んでいた。

「馬鹿」

「母さんならもっとうまくやったんだろうな……」

「母さんはもういない。それが現実なんだから仕方ないじゃない」

きつい口調になった。亡くなった人のことを持ち出して落ち込まないでよ。

受け入れるしかない。母の死も、父と娘だけの家庭も、解決しない事件のことも
……。

「……そうだな」

「余計なことはやめてよね、恥ずかしいじゃない。これでわたしは商店街の笑い者よ。何歳になったと思ってるの。友則の言う通り過保護すぎなの」

あれ、涙が溢れてくる。

「お父さんは昔からわたしに甘いの。ひとりで勝手に熱くなって暴力なんて、ちっと

も嬉しくないんだから。もう心配しなくていい。放っておいて、迷惑よ」

父は何も言わず俯いた。

「紗彩」

健太郎の声調が優しく涙が止まらない。

「素直じゃねえな、お前」

肩に力が入っていることに気づいた。

「おっちゃんはただの駄目な父親か？　見てたのはそこじゃねえだろ。仕事に真摯に向き合うところや、料理が苦手なお前の代わりに必死に家事をする姿だろ。写真屋の息子の言葉に惑わされてんじゃねえよ」

健太郎に諭されてしまった……。一日何時間も立ちっぱなしで、腱鞘炎《けんしょうえん》に悩まされている父。高校時代は毎日、お弁当を作ってくれた父。忘れるわけがない。

「娘の失恋におろおろしてるほうが人間らしくていいじゃねえか。うちの親父なんて母ちゃんや仁亜が死んでも変わらない。薄情な頑固者だぞ」

ふうっと息を吐き出すと、全身の余計な強張りが和らぐ。思ってもいないことを口にすると身体に余計な力が入るのね。

「……嘘」

わたしはつぶやいた。

「ありがとう、お父さん」

翌日の午後、またもや健太郎は休憩時間にわたしのテーラーにいた。昨夜まで商店街に溢れていた人々は消え、祭りの反動なのか夏休みの午後は閑散としていた。

「あのさ」と声をかける。

「余計なことは質問するなよ」

健太郎の顔はいつもの状態ではなかった。左頬と唇が腫れ、額には大きな擦り傷があり、左の視界もあまり利かないようだ。

「誰にやられたの？」

「朝からその質問ばっかりだ。誰でもいいだろ、ほっとけ」

「本当は知ってるんだけどね、わたし」

「はあ？　何で」

健太郎が激しく動揺する。

「健太郎をそんなふうにした本人から聞いたから」にこりと笑った。「小西友則」

「あの野郎」健太郎が立ち上がった。「べらべらと喋りやがって」

「行ってもまたやられるよ。彼、ああ見えても空手と柔道の有段者だから。今もつづけてる」

「そういうことは早く言ってくれ」

健太郎が眉を下げる。

「ねえ、どうして？」

どうして健太郎は小西友則に挑んだのか。

「昔から何にも変わってねえってことだ」健太郎は視線を外した。「むかついたから殴りに行った」

「よく喧嘩してたもんね」

母親が亡くなってから、その事実から逃れるように健太郎は毎日暴れまわっていた。

「お前は関係ねえからな。あいつにむかついたんだ。……まあ、返り討ちにあっちゃ格好がつかねえけど」

「それって、ロックってこと？」

健太郎がふっと表情を崩した。

「久しぶりにギターを掻き鳴らして血が熱くなったのかもしれねえな。何でもいいから爆発させたくなった」

「ドカン」と小さくつぶやいた。

「何だよ、それ」

擬音の中に感謝の気持ちを込めたのだけれど、伝わらなかったようだ。それはそうだよね……。

「何でもない」

「あの野郎、何か言ってたか」

「そうね」昨夜の電話を思い出す。「謝ってた」

「勝者が敗者に向かって謝罪か、屈辱だな」

「違うよ。わたしに謝ったの」

「……で、どうだよ」

「すっきりした」強がりを少しだけ混ぜた。「というより、どうでもよくなった」

「いい傾向だ」

「わたしのことはもういいの。ロックスターはどうするつもり？」

「休憩時間いっぱいまでここにいて、また皿洗いだ」

「そうじゃなくて、今後のことよ。あんたはどこで輝くの？」

「……かっこいい人間、か」

健太郎は棒つきアメを舌の上で転がす。

「いるじゃない、近くに」

「誰のことだよ？」

「作治さん」

「親父？」健太郎は鼻であしらう。「冗談はやめろ、あんな奴……」

「作治さんはあんたにとって心を震わせるロックだと思うんだけどな」

「どういう意味だよ」

「うどん作り、楽しいでしょ」

「はあ？」健太郎が表情を歪める。「朝は早いし、怒鳴られるし、足腰が痛い。粉まみれで汗だくだ。楽しい要素なんてどこにもねえよ」

「でも、辞めるつもりはないんでしょ」

「……どうだかな」

「今も仁亜を探して手伝ってるだけ？」

健太郎は口元に力を入れ、視線を下に落とした。

「そうじゃないでしょ」語気が強くなった。「気づいてないの？　健太郎はうどんが好きなのよ。作治さんのうどんが、ね。ほら、身体の力を抜いて考えてみて」

「話にならねえ」

健太郎が後方のガラス戸に手を伸ばした。

「わたしはおじさんのこと薄情な人間だとは思わないよ」

健太郎の動きが止まった。

家族の死に対して平然と振る舞う父親が許せない。健太郎が昔荒れていた原因の一つだと思う。そして、家を飛び出したのも……。

「親父にとっては」健太郎の声が小さい。「家族よりもうどんのほうが大事なんだ」

「仕事に打ち込まなきゃ心の整理がつかなかった。あんたや仁亜のために落ち込んだ顔を見せないようにしていた。わたしにはそう見えた。うどんのほうが大事？　そんなわけない」

他人の父親についてはいろいろと語っていたくせに、自分の父親となると真っ直ぐに見られないものなのね。

「そんなことはわかってんだよ」健太郎が声を乱暴にして振り返った。「……とっくにわかってる。もうガキじゃねえんだ。けど、今さら俺が……」

「素直じゃねえな、お前」

わたしは昨日の健太郎の言葉を真似た。

健太郎は再び背中を向け、反論も肯定もせず外に出た。

第三章　阿野雄太

「それでさ、それはどういう心境の変化？」

夕食を兼ねて入った居酒屋で、僕は佐草健太郎に質問した。

健ちゃんが坊主頭になったことはこれまでにも何度かあった。最初は確か小学校三年生のとき。いたずらが父親にばれて理髪店で無理やり頭を丸められたそう。

自らの意思で坊主になったのは中学二年生の頃か……。

僕と彼、それから紗彩の母親が亡くなったときだ。僕はしばらくの間学校にも行けず部屋に閉じこもり出ていかれなかったが、健ちゃんは心を削り取られるような感情を整理するために丸坊主になったのだと思う。

坊主頭の健ちゃんと、泣き腫らした目に力を込める紗彩に部屋のドアをノックされ、僕は外に出ることができた。

中学三年生のときは受験勉強のストレス、高校一年生のときは先輩との関係に苛立って、健ちゃんは頭髪を短く刈った。

「何だよ、雄太」健ちゃんが自分のいがぐり頭を触る。「おかしいか」

「似合ってると思うよ」本心だ。「でも、突然だったから何かあったのかと思ってさ。ほら、高校を卒業して家を飛び出したときも丸刈りにした」

「よく覚えてるな」健ちゃんはすでに酔っぱらっている。「さすが幼馴染だ。そういえば、最初にバンドが解散したときも頭を丸めたな」

「じゃあ、今度は？」

健ちゃんは黙り、コップに入ったビールを飲み干した。

「……なあ雄太、うちの親父ってかっこいいか？」

僕の質問は無視か。

「そうだね……」しばらく考える。「寡黙で頑固な職人って感じで、憧れる人はいるだろうね。でも、どうして？」

「紗彩がな、かっこいいって言うんだ」

彼女は洋裁の職人だから作治さんが憧憬の的になってもおかしくない。

「うん、だから？」

「のん気な顔して、だから？　じゃねえよ」

健ちゃんが身体ごと顔を近づける。にんにくとアルコールの臭いが混ざり、鼻をつまみたくなった。

「坊主頭になりたくなるだろ。長い髪の毛は邪魔だ」

説明になっておらず、まったくもって意味がわからない。けれど、僕は「なりたくなるかもね」と頷いた。

酔っ払い相手に粘っても納得できる答えなど期待できない。そう思う心が半分。あとの半分は、健ちゃんなりに何か考えているのだろうと理解できたからだ。

健ちゃんが髪の毛を短くするのは、いつも自分と向き合っているときなのだ。


水曜日の寿商店街はほとんどの店舗が休む。その影響で通行人は数える程度しかいない。しかもどの歩調も速く、商店街は通り抜けるためだけの道となっていた。先ほど通り過ぎた紗彩のテーラーも人気がなく電気が灯っていなかった。

佐草うどん店にも定休日と書かれた札がさがっている。戸を開けようとしたがびくともしない。僕は乱暴に戸を叩いた。「誰かいませんか?」と声を張る。

「何だよ、うるせえな」健ちゃんが店の中から顔を出した。「その声はやっぱ雄太か」

「ひ、ひとり?」

声が上ずった。

「今日は定休日だぞ」健ちゃんは背中を向け、店内に誘導する。「親父はパチンコだ。文子さんはうちの家で家事。いろいろ世話を焼いてきて眠れねえから、今まで店で寝てたんだ」

　もう夕刻過ぎだよ、健ちゃん。

　いや、そんなことよりも……。

「京香ちゃんは？」

「おっ」健ちゃんがにやにや笑う。「ようやく愛の告白か？」

「ち、違うよ」

「だよな、お前にそんな勇気はねえよな」健ちゃんがどかっと椅子に腰掛けた「京香ちゃんはいねえよ」

「そう……」

「俺が店に来たときにはもういなかった。うどんの食べ歩きだろ。いや、昨日、用事があるとか言ってたかな」

「用事って？」

「知らねえよ。どうせうどんに関することだろ。研究と実験ってやつだ」

「彼女に何か変わったことはなかった？」

「別に」と言った健ちゃんの表情がはっとなる。「そういえば、厨房が綺麗に片づいてたな。いつも汚れてるわけじゃないが、今日は念入りに整理されてた」

「京香ちゃんが掃除を？」

「たぶんそうだ。掃除は俺と京香ちゃんの仕事だからな。俺はやってねえ」

普段よりも入念な掃除。それは感謝の気持ちの表れなのか、それとも身辺整理のつもりなのか……。

「ま、掃除の程度なんてその日によって変わる。気にすることじゃねえが、それが何だよ」

「いないなら、いいんだ」

背中を向けると、不機嫌な声で呼び止められた。

「いいんだな、本当にいいんだな」

……よくはない。収まらない動悸を感じながら肩を落とした。

「京香ちゃんのことになるといつもデレデレしてるお前が何をそんなに深刻な顔をしてんだ。何があった？」

振り返ったが、俯き黙るしかなかった。話していいものかどうか迷った。

舌打ちが響く。健ちゃんは携帯電話を取り出した。

「くそ、繋がらねえな。京香ちゃんの携帯は電源が入ってねえ」

僕も何度もかけていたが同じ結果だった。

健ちゃんはさらに携帯電話を操作し、耳に当てた。

「親父か」

どうやら相手は作治らしい。いくつか会話し、通話を切った。

「親父も京香ちゃんがどこに行ったか知らねえようだ。昨日は特に変わった様子はなかった、ってよ」

それから彼は文子と紗彩にも電話を入れた。彼女たちも行方を知らないようで、気づくことは何もなかったそうだ。

「役に立たねえ奴ばっかだな」

ポケットの中の携帯電話が震えた。確認すると署からの呼び出しだ。

「勝手に出てきちゃったんだ、戻るよ」

「警察が動かなきゃいけねえことなのか？」

「ごめん、今はまだ……どのみち話を聞かなくちゃいけないと思うから、また来るよ」

早口に伝えると店を出た。


健ちゃんのマンションを訪ねたのは、翌日の夜だった。リビングに通される。隅に小さな仏壇があった。

花が飾られている。果物もあった。写真に収められた仁亜と健ちゃんの母親は笑顔だ。幸福そうに見えるが、そんなことはないだろう。

「どうなってるんだ、雄太」

作治が苛立つ。

瀬能京香は昨日から姿を消した。あれから何度も連絡をしているのだが、彼女の携帯電話の電源が入れられた様子はなかった。

「わたしたちも心当たりを探したんだけど、見つからないの」

紗彩も同席している。

「おい、雄太」健ちゃんの声は脅すようだ。「京香ちゃんはどんな事件に巻き込まれてるんだ？」

「京香ちゃんは」そこで一旦言葉を止めた。「……殺人事件の重要参考人として警察が行方を追ってる」

三人が同時に反応した。

「何て言った？」と作治が耳をこちらに向ける。「冗談だろ」と健ちゃんが冷笑する。

紗彩は声を出さず、口を両手で覆った。

「……本当なんだ」

これが現実だから僕はひどく落ち込んでいる。

「わかってること全部、説明しろ」健ちゃんが唾を飛ばす。「捜査上の秘密なんて言葉を挟みやがったら協力しねえからな。というより、絶交だ」

鼻を触り、頭頂部を掻いた。控えめな深呼吸をする。

そう言われるだろうと思っていた。警察官としては捜査上知り得た情報を他言することなどあってはならない。けれど、今夜僕は彼らの友人としてここにいた。

「昨日、近くで殺人事件が起こったことは知ってるよね」

「ニュースでやってた」健ちゃんが頷く。「まさかそれか?」

「被害者は宇野清喜、三十歳。住宅街の一角に建つアパートの一室で死んでた。発見者は近所の住人」

「そんな事件があったのか」と作治。

「はい。犬を散歩させていた老人がドアの開け放たれたアパートの部屋を見つけたんです。一時間後、帰宅しようと通りかかっても同じように開いたままでした。気になった老人は声をかけたが、反応がない。不用心だと思い中を覗くと、胸から血を流し絶命した男を発見した」

「胸を一突きってことか。むごいことをしやがる」

「いえ、胸部を中心に八ヵ所を刺されていました。背中や腹。それに腕や顔にも切りつけられたあとが……」

押し黙るような沈黙が流れた。きっと皆、十三年前の事件を思い出したに違いない。母さんたち三人も鋭利な刃物で全身を傷つけられ倒れていた。

「死亡推定時刻は昨日の午前十一時から正午の間」慎重に声を発する。「身体に残された多くの傷は、強い恨みの証だと推察される。凶器は刃渡りの長い包丁」

「凶器は見つかってねえのか」と健ちゃん。

「……そうだね、まだ」

「それで」紗彩が口を開いた。「その事件がどうして京香さんと結びつくの？」

「遺体の周辺が汚れていたんだ」

「汚れてた？」

紗彩が首を捻る。

「真っ白に。血を流して横たわる遺体を浄化しようと撒いたかのような白い粉で、被害者の部屋は汚れてた。粉は小麦粉。それに、裁断されたうどんの麺も散らばってた」

健ちゃんと紗彩が顔を見合わせた。「研究と実験」と声をそろえて言う。

瀬能京香は小麦粉とうどんの麺をいつも持ち歩いている。寿商店街では有名な話だ。僕が報告しなくともいつかは明らかになる情報。そう考え、京香ちゃんには不利な情報だが僕の口から捜査本部に伝えた。

「小麦粉とうどん、だと」作治が唸る。「それがなんで京香と繋がる？」

「何にも知らねえんだな、いつも持ち歩いてるんだよ」健ちゃんが答える。「けど、そんなものは状況証拠に過ぎねえだろ。物証は出たのか。指紋やＤＮＡが採取できるようなものは？」

「京香ちゃんの指紋が出た……部屋のいたるところから」

　彼女の犯行だとは思いたくない。擁護したい。けれど、次々に突きつけられる証拠に、僕は彼女のことがわからなくなっていた。少々、苛立ってもいる。真面目で、聡明で、一生懸命な彼女がどうして……。

「宇野清喜って野郎と京香の関係は？」と作治。

　僕は肩を緊張させる。この事実も彼女を犯人だと物語っているのだ。

「どうした？」

「昔、二人は恋人同士だったようです」ぼそりと答えた。「五年前、つまり京香ちゃんが二十一歳のときに付き合ってた男。警察の記録に残っていました」

「昔の恋人でしょ」紗彩だ。「五年も前なら、当然心の整理はついてるはず。そんな男、他人と同じだよ。今の京香さんはうどんに夢中のようだったし、とっくに見限ってる」

　紗彩はそう言うけど、京香ちゃんにとっては違ったのかもしれない……。元恋人のことを忘れるためにうどんの修業に打ち込んでいたとも考えられる。

「それよりも気になるのは」健ちゃんが眉根を寄せた。「どうして京香ちゃんと男の記録が警察に残ってたのか、ってことだ」

「宇野清喜は五年前、情報提供をもとに捜査を進めていた県警組織犯罪対策課に、大麻取締法違反所持で現行犯逮捕されてる。その後の捜査で、自宅から乾燥大麻や大麻草など計約1・4キロと栽培道具約二百六十点を押収し、大麻取締法違反営利目的栽培などの罪で、再逮捕されてる。懲役四年八ヵ月、百十万円の罰金判決を受けた」

「まさか京香ちゃんも」健ちゃんが身体を前のめりにした。「ってことはないよな」

「営利目的栽培には関与していなかったらしい」

僕は両肩が揺れるほど深く嘆息した。

「でも、日常的に大麻を使用していたようで、大麻取締法違反所持で逮捕されてる。初犯ということもあって懲役一年、執行猶予四年の判決だったらしいけど……」

紗彩が息を呑む。大きく見開かれた目はいつまで経っても瞬きしない。

「親父」健ちゃんが静かにつぶやいた。「知ってたか？」

「当たり前だ」作治が頭を縦に倒す。「面接の際、聞いた。もちろん驚いたがな、人間なんて誰でも過ちを犯すもんだ。問題はその経験をどう次に生かすか。京香は猛省してる様子だった。うどん作りに対しても真剣な目をしてた。雇うことに迷いはねえってこった」

健ちゃんの表情が控えめに緩む。

「親父にしちゃいい判断だ」

「偉そうに言うんじゃねえ」

「警察はどう考えてるの？」紗彩が質問してくる。「捜査は進んでいるんでしょう」

「数ヵ月前に刑期を終えた宇野清喜は京香ちゃんとヨリを戻そうとしていた」

そういう節があった。宇野は京香ちゃんの携帯電話にしつこいくらい何度も連絡していたが、逆に京香ちゃんのほうからはほとんど彼に連絡をしていない。男の部屋には昔撮った京香ちゃんとの写真が飾られていたし、無理やり撮影したと思われる現在の写真も多く所持していた。宇野が働く弁当の製造宅配業者の同僚も、振り向いてくれない女性がいる、という愚痴を聞いている。被害者の宇野は自室の奥で倒れていて、犯人を招き入れている様子で、部屋は荒らされておらず、顔見知りの犯行だと状況が物語っていた。

それらのことを伝える。

「それに、二人が言い争う姿も目撃されているんだ」

「そんな話は聞いてねえぞ」

健ちゃんが不満げに言った。

「俺も知らん」と作治。

「僕だって初耳だよ。商店街の人たちもそれらしい男性の存在には気づいていなかった」

「言い争いか……」健ちゃんが頭を掻く。「不利な目撃情報だな。付き合う気がねえなら、そんな男は無視すりゃよかったんだ」

「迷惑をかけたくなかったんじゃないかな」紗彩が言う。「わたしを含めた商店街の人たちが、その男の存在を知らないってことはそういうことだと思うよ。だって恋人関係を復活させようっていう男ならところ構わず押しかけるはずでしょ。でも、そんな様子はなかった。京香さんは男からの電話を無視せず、会いたいという申し出も断らずに対応していた。だから男はつきまといや待ち伏せなんていう行動に出なかったんだよ」

「うどん」僕はつぶやいた。「京香ちゃんはここでの生活を守りたかったのかもしれない」

「幸せの味ね。京香さん、おじさんのうどんのことをそう言ってた」

「そんなにいいものかねー」

健ちゃんは憎たらしく語尾を伸ばした。

「あんたはまたそうやって憎まれ口を叩く……」

「うるせえ」健ちゃんが声を高くした。「で、警察は京香ちゃんが何で犯行に及んだって思ってんだ？」

「……過去をばらすと脅された」

「ない」健ちゃんが断言する。「さっき親父が言ってただろ、過去は知ってる」

「でも、周囲の人間は知らない。周囲に過去が明るみになれば生活はしにくくなる。

うどんの修業にだって支障が出る。どうしても守りたかったんだ。……それから、男のストーカー的行動に耐えられなくなった、とも考えられる」

「お前は京香ちゃんを犯人にしたいのかよ」

「僕の考えじゃない！」

声を大にして即答した。

「だ、だよな」健ちゃんが仰け反る。「けど、おかしいな。それだけ京香ちゃんを犯人だと示すものが出てるのに、警察は被疑者と見るんじゃなく、重要参考人として探してるのか？」

鋭い。その理由がまた僕を激しく動揺させていた。

「宇野清喜の部屋の浴室に、長い髪の毛が残されてた。正式な鑑定はまだだけど、おそらく京香ちゃんの頭髪だと思う。いつも髪の毛を束ねるのに使っている赤いくるみボタンのついたゴムがそばに残されていたんだ。ボタンには京香ちゃんの指紋が」

再び重苦しい沈黙に包まれた。

母親の顔が浮かぶ。母さんは殺されただけでなく髪の毛を短く刈られていた。健ちゃんと紗彩の母親も同様に髪が切り落とされ、周辺に散らばっていた。現場の浴室を目の当たりにした際、僕は軽い眩暈《めまい》に襲われた。

けれど、捜査本部に十三年前のことは報告していない。言いそびれてしまった。

「犯人は心理的に一刻も早く現場を立ち去りたいもの」僕は声を落として言う。「それに、自分の証拠物を現場に残していくとは考えにくい。そういう意見と、返り血と一緒に髪の毛を水で流した形跡があって逃亡のために人相を変えたという対立する意見が出た。どちらにせよ、京香ちゃんは事件に深く関わってる」

「なあ」健ちゃんが控えめに声を発した。「髪の毛を切る殺人犯って結構いるのか？」

「ほとんどいない。特有の行動と言ってもいいと思う。しかも、同じ地域で起こったとなると……」

「おいおい、何言ってんだ」健ちゃんの声が大きくなる。「京香ちゃんが関わってるかもしれない今回の事件に、十三年前の事件の犯人が関わってるっていうのか」

「……かもしれない」

「本気で言ってるのか、雄太」と作治。

「はい。十三年前の事件も、今回の事件も凶器は同じ。被害者の全身を執拗に傷つけている点も同じです。そして、京香ちゃんが犯人でないのなら真犯人は恨みの対象者の髪の毛を切る」

「宇野清喜の髪は」紗彩が声を上擦らせる。「切られていたの？」

「いや、そのままだった」

「殺されたのは宇野という男でしょ。京香さんじゃない。恨みの対象者の髪の毛を切るなら、宇野の髪でしょ」

　紗彩の意見はもっともだ。

「でも、さっきも言ったけど髪の毛を切るという行為自体、特異なもので……」

「落ち着けって、雄太」健ちゃんがなだめる。「今回の事件と結びつけるのは無理がある」

「そうだよ」紗彩が同調した。「考え過ぎだよ」

　違和を感じた。

「僕たちの母さんを殺した犯人がまた姿を現したのかもしれないんだ」

「勘違いかもしれねえだろ」と健ちゃんが弱々しく笑い、「今さら出てくるかな」と紗彩が首を捻る。

「二人とも、どうしたの？」

「犯人が見つかっても、母ちゃんが生きかえるわけでもねえしな」

「そんなことは知ってる！」

　僕の声は知らずと大きくなった。

「仁亜は何度も何度も警察に足を運んで捜査の進捗状況を訊ねてた。知ってる？」

「怖いんだ、雄太」

　作治が静かに口を動かした。

「はっきり言って俺もそうだ。突然、十三年前の事件を近くに感じて戸惑ってる。最初は犯人を恨んで、怒って、早く捕まることを祈ってた。けどな、捜査はいっこうに進展しない。最近じゃ警察から連絡もねえ。俺たちは十三年間苦しみ、悩み、受け入れて、日常の中に事件を埋没させてきた。今になって犯人の影を見せられても躊躇しちまうんだよ」

「僕は……」

「ああ」作治が頷く。「お前は強い。この中でお前だけが十三年前の事件をずっと真正面から見てきたのかもしれねえ。茂吉じいさんがよく言ってたな、人生に近道はない。恨むな、ひがむな、いつかは報われる。お前はちゃんと教えを守ってきたんだな。なあ、警察官」

強くなどない。一度もそう感じたことなどなかった。ただ、事件を忘れることのほうが怖かった。

「僕はひとりでもやります。おじさんの言うように警察官ですから」

「ひとりで何ができる」健ちゃんが言い捨てた。「前にも言っただろ、警察は役立たず。また逃げられるぞ」

「僕はそう思わない」

立ち上がった。無性に腹が立つ。

「まあ、待て」健ちゃんが腕を引っ張った。「何もやらねえとは言ってない。京香ちゃんのこともある」

「そうだね」紗彩が頷いた。「京香さんが犯人じゃないなら、彼女がどこにいるのか心配だし」

　その通りだ。自らの意思で身を隠しているのなら安全だが、真犯人とともにいるならすぐそばに命の危機があると言っていい。

　それどころかもしかすると母さんたちのように……。その結末は考えたくない。

「なあ、雄太。現場にうどんが落ちてたって言ってたな」

　僕は腰を下ろし、無言で首肯した。

「昨日は休みだし、京香ちゃんはどこかのうどん店に行ったのか」

「おう、それなら」作治が声を挟む。「京香の研究ノートを見りゃいい。うどん店を訪問する予定も書かれてるはずだ。確か、いつも厨房の下に置いてある」

「……そのあたりから探ってみるか」

「ありがとう」と頭を下げた。

「礼はいらねえ、京香ちゃんのためだ」健ちゃんが表情を緩くする。「それよりも、部屋に撒かれた小麦粉についてちゃんと調べてるんだろうな」

「それは鑑識のほうでやってると思うけど……」

「小麦粉の種類がわかったら教えろ。あと、現場に落ちてたうどんを持ってこい」

「それは無理だよ」

殺人事件の証拠品になるかもしれないものを見せられるわけがない。

「少しでいいから持ち出せ」

「だから、絶対に無理」

「警察官であるお前ならできるだろ」

「どういう意味？」

にやにやと微笑みかけてくるのはやめてくれないかな、健ちゃん。

「田舎町にある田舎の警察署だ。署内に一つの保管庫で証拠品一つ一つにＩＣタグをつけて保存してるわけじゃねえだろ。どうせ金庫や鍵付きロッカーなんかの複数の場所で証拠品を管理してんだ。誰がいつ証拠品を出して見たかなんてチェックもしてねえ」

図星を指され、返す言葉もない。暴行や傷害程度の事件なら鍵なしの指定の保管場所でもないところに置かれることもある。しかも段ボール箱に整理しないまま入れられた状態はずさんな管理と指摘されても仕方なかった。

「事件を解決したいなら迷ってる暇はねえぞ」

「雄太を脅すんじゃねえ、馬鹿息子」

作治が立ち上がり、仏壇の前に立つとリンを鳴らした。手を合わせる。無言のプレッシャーを感じた。

紗彩を見る。

「二人とも強引だからね」と彼女は弱った笑みを浮かべた。

止めてはくれないんだ。

「……わかりました、やってみます」


翌日の午後三時過ぎ、捜査の道案内と雑務を終わらせた僕はＪＲの駅前で健ちゃんと待ち合わせた。うどん店の片づけを父親の作治に押しつけた彼はすでに待っており、そろってタクシーに乗り込んだ。

「あまり時間がないんだ」僕は囁くように言う。「本来一緒に行動しなければならない同僚を撒いてここにいるわけだから」

トイレに行く、と告げ、そのまま署内から消えた。授業に飽きた高校生のやり口だ。

「何度も呼び出しの電話がかかってくる」

「出世の邪魔になるようなことはしねえよ」と健ちゃん。

「邪魔になるような頼みごとはされたけどね」

「雄太」声質が重たいものに変わった。「本当に十三年前の犯人が関わってると思うか」

僕は頷いた。

「そうか」健ちゃんが自分の頭を触る。「俺が坊主頭にする理由を知ってるか」

「プチ出家」僕は笑みを向けた。「というのは冗談で、いろいろと考えてるんだよね」

「違う」健ちゃんが情けなく表情を緩める。「逃げるためだ。母ちゃんが死んだときも、家を飛び出したときも、ごちゃごちゃと考えて、それでも整理がつかなくて、答えが見つからなくて……そうすると頭がむず痒くなるんだよな。で、自棄になって髪の毛を切る。そうやって頭の中までリセットさせるんだ」

抱えているものすべてを髪の毛と一緒に捨て目を逸らす。それが健ちゃんにとって逃げるという行為なのだろう。

「アホだろ」

「健ちゃんの場合、考えるから逃げるんだよね」僕は隣を真っ直ぐに見た。「考えずに逃げるのとは大違いだよ。後者はアホだけど、前者は愚かではないよ」

「いや、愚かだ」健ちゃんが頭を激しくさする。「昨日、珍しく親父と母ちゃんの話をした。下らねえ思い出話だ。夫婦喧嘩とか、俺が叱られた話。何でか最後は親父と喧嘩になったけどな」

二人のやり取りが目に浮かぶ。

「忘れようとしてたんだ、俺も親父も。十三年前のあの最低な気分をまた味わうんじゃねえかってビビッてた。自分の気持ちから逃げていじけてたんだな。久しぶりに母ちゃんのことを話してそう思った。このままでいいはずがねえんだ、アホだったよ」

僕は何も言わずに頷いた。

「紗彩もそうなんじゃねえか。現実を受け入れるために事件から目を逸らした。そうやって折り合いをつけようとしてたんだ」

「犯人は絶対に捕まえる」声に力を込めた。「逃がさない」

「一度もぶれたことがない、って口調だな」

健ちゃんがこちらを見た。まさか雄太にケツを叩かれるとはな、と表情を和らげる。

「さっさと京香ちゃんを見つけよう」

僕は背筋を伸ばし、進行方向に視線をやった。

「これから向かう『のの屋』ってうどん店が、水曜日に京香ちゃんが訪れた店?」

健ちゃんが運転手に行き先を告げる際、そのうどん店の名前が出た。

「ああ、研究ノートに予定が書かれてた」

健ちゃんと運転手の会話ではあと十分ほどで到着予定だ。

田んぼに囲まれた場所に建つのの屋はプレハブ小屋のようだった。駐車場は広く、多くの車が停まっている。

「俺はここに残る」健ちゃんが足元を指す。「うどんの麵を貰ってこい」

使い走りか……。

「そう嫌な顔をするな、お前は公権力を行使できるだろ。面倒な説明を省くことができる」

溜め息のあとタクシーを降りた。十年が経過して警察官になっても僕は僕で、健ちゃんは健ちゃんなのだ。

数分後、タクシーに戻った。僕が次の行き先を告げると車が動き出す。

「見せろ」と健ちゃん。

密封チャックのついた小さなビニール袋を差し出した。中には数本のうどん。麺はまだ温かくビニールが曇っている。

「ちゃんと茹でてもらったようだな」

そういう指示だった。茹でると麺が少しだけ膨張するそうだ。

「いつものようにやってもらった」

健ちゃんは慎重に麺を指でつまんで取り出す。僕も同じように一本取り出した。真っ白い麺だ。触っただけでもモチモチの食感が想像できた。香りを嗅ぐと控えめな小麦の匂いがする。

健ちゃんはおもむろにポケットから短い物差しを出した。麺の太さを測る。

「4・7ミリメートルか。うちのうどんには敵わねえが、まあまあの麺だな。太さも高松市内の平均」

健ちゃんが麵をつるっと啜った。僕も真似をする。滑らかな舌触りが心地よい。

「で、麵の切り方は？」と健ちゃん。

「のの屋は機械で裁断するそうだよ」

それで何がわかるのだろうか。

「現場に落ちてた麵は持ってきたか」

全身の力が抜けるのを感じた。署内でこそこそと動くのはやはり気分が悪かった。

「一本だけ持ち出してきた」

7センチ程度の長さのものだ。

健ちゃんがビニール袋に入った証拠品のうどんを取り出す。顔に近づけ、じっくりと眺めた。

「こりゃのの屋の麵とはまったく違うな」

「そ、そうなの」

「時間が経過してることを考慮に入れても硬すぎる」

健ちゃんは麵を指先でちぎり、口に含んだ。

「あー、大事な証拠品を……」

「不味い。時間が経過した麵は食えたもんじゃねえ」

密封してクーラーボックスに保管していたので大丈夫だとは思うけれど、腐っていなかっただろうか。

「こりゃ看板を掲げたうどん店のものじゃねえぞ」

「わかるの?」

「小麦の甘味や滑らかさがほとんど感じられない」健ちゃんは麺をまじまじと見る。「それに見ろ、麺が不格好に捻れてるだろ」

僕は健ちゃんの手元に顔を寄せた。確かに麺がところどころ捻れている。

「それが?」

「うどん店の麺は一人前、約2・5リットルの大量の湯で茹でるからしっかりうどんの麺に熱が通るんだ。対して、スーパーマーケットなんかで売られてる市販のうどんは大量に一気に茹でるために麺の内側まで熱が通らない。するとな、麺に熱のむらが出て捻れるんだ」

「へー、そうなんだ」素直に感心した。「さすがうどん店の長男だね」

「からかってんじゃねえよ」

本当に感心していた。昔からの付き合いだけれど、健ちゃんがうどんについて話す姿を思い出すことができない。いつも距離を置いているように見えた。でも、今の彼からはまるでロック音楽の知識を語るような雰囲気さえあった。

健ちゃんが物差しで麺の太さを測る。４・５ミリメートル。

「機械裁断ならここまで太さの違いが出ることはねえ。これではっきりしたな、現場に落ちてた麺はのの屋のものじゃない」

「それはそうだよ」

僕は冷静に伝えた。

「何？」と健ちゃんが不機嫌に首を曲げた。

「京香ちゃんはのの屋を訪ねていない。店主の話ではその日、確かに京香ちゃんはのの屋を訪れる予定だったそうなんだ。でも、約束の午後二時になっても彼女は姿を現さなかった。連絡を取ろうとしても、僕たちと同じく繋がらなかったそうなんだ」

「……そのことをいつ知った？」

「さっき。麺を茹でる間に話を聞いた」

健ちゃんの手が僕の肩を強く掴む。

「だったら、俺の鋭い推理は必要なかったじゃねえか。京香ちゃんがのの屋に行ってねえなら、犯行現場に麺が散らばるはずがない。簡単な話になったぞ」

「まあ、そうだね」

「とぼけた顔しやがって」健ちゃんが呆れる。「お前はいつも肝心なことを伝えねえな」

「でも」僕は小さく声を発する。「京香ちゃんが予定を変更して別のうどん店に立ち寄ったという可能性も考えられる」

「話を聞いてたか、雄太。さっきも言ったが、こりゃ看板を掲げたうどん店のものじゃねえ。こんな特徴のないうどんを京香ちゃんが研究のために持ち帰るはずがねえだろ。何の勉強にもならねえよ」

現場に散乱していたうどんは京香ちゃんの所持物ではない。ということは……。

「現場のうどんは別人物の手によって撒かれた」

「殺された宇野がわざわざ撒くとは考えられねえ。何者かが京香ちゃんを犯人に仕立てるためにうどんを撒いたんだ。おそらく小麦粉も、な。だから京香ちゃんは現場から連れ去られた」

だとすれば、真犯人は京香ちゃんが麺と小麦粉を持ち歩くことを知っている人物ということになる。彼女と近しい人物なのか……。

「真犯人の存在が現実味を帯びてきたな」

その言葉には十三年前の犯人のことが含まれているように感じた。

住宅街の一角にある二階建てのアパートは築三十年を優に超えているだろう。周囲を高いブロック塀に囲まれてはいるが、門のところまでくるとその全容が確認できる。発見者の老人はここから覗いたのかもしれない。庭木が何本かあるが、手入れ不足のようで枝先が道路まで出ていた。駐車場はなく足元には砂利が敷かれている。

「まだ現場保存の最中だから、余計なことをせずについて来て」

僕は早口に伝えた。

顔を伏せた健ちゃんが無言で頷く。

アパート一階にある部屋に若い制服警官の姿があった。彼の仕事は番犬と同じだ。

「ご苦労様です」制服警官に声をかけた。「中、ちょっといいかな」

警察手帳を確認した制服警官は右にずれ、あっさりと通ることができる。「中に誰かいる?」と訊ねた。

「いえ、今は誰もおりません」

ドアを開け入室する。扉を閉めると陽光が遮られた。

「宇野は宝箱でも隠し持ってたのか」と健ちゃん。

「ああ、これ」

扉につけられた補助錠を見る。上下にひとつずつある。

「男のひとり暮らしには珍しいよね」

「それにしてもよ、部外者を簡単に通すとは警察も甘いな。お前が白シャツとスラックス姿で来い、って指示した理由がわかった。外の警察官は俺のことを刑事だと認識したわけだな」

そういうことだ。もしも身元確認をされたときは事件の関係者だと嘘をつくつもりだった。そうなれば部外者を現場に連れてきたことが明るみに出る可能性が高まるが、たいした問題ではない。

一刻も早く犯人にたどり着き、京香ちゃんの身の安全を確保する。それが最優先だ。

「一通り鑑識の捜査は終わってるけど、あまりあちこち触らないようにして」

「ガキじゃねえんだ、わかってる」

「どうしても触るならこれを使って」

僕は白い手袋を差し出す。

不機嫌そうに奪い取られた。

被害者の部屋は八畳の生活スペースと狭いキッチンに分かれていた。玄関を上がったところに洗面所とユニットバスへつづくドアがある。家具は少なく目立ったものはテーブルとソファのみ。小さなテレビとゲーム機が無造作に床に置かれていた。カーテンレールに洗濯物がかけられたままだ。

緑色の薄いカーペットには白い粉が付着している。

「京香ちゃんと被害者が二人で写った写真なんかは警察で保管している。すべてがあの日のままということはないけど、だいたいはそのままだよ」

僕は部屋を見回しながら言った。生活スペースの奥、窓の近くを指差した。

「あのあたりに被害者が倒れてた」

青色のカーテンに黒い染みが広がっている。被害者が襲われた際、彼の血によって汚れたものだ。

「どんな感じで倒れてたんだ？」と健ちゃん。

「こういう感じかな」

両手を軽く上げ、立ったままうつ伏せに倒れている姿を表現した。

「右手に団扇《うちわ》を持っててさ……」

「団扇？　聞いてねえぞ」

「えっと……そうだっけ？」

記憶があやふやで本当に覚えていない。

「もういい。肝心なことを話さないのが、雄太だ。どんな団扇だった？」

「どんな、って言われても……」

それって重要なことだろうか。

「普通の竹製団扇だったかな。お城の絵柄。意味なんてないよ、思わず摑んでしまっただけだろうし」

「ダイイングメッセージを知らねえのか」

「被害者が絶命前に犯人に繋がる何らかのヒントを残す」淡々と答えた。「普通、そんな余裕はないけどね。警察は団扇を重要視して捜査することはないよ。過去の人間関係、状況証拠のほうを優先して捜査する」

「余裕があったらどうするんだよ。可能性はゼロじゃねえだろ」

「ゼロに限りなく近い」

「ゼロじゃないんだな」

「……嫌な予感がするんだけど、まさか違うよね」警戒する。「団扇を見たい、とか言わないよね」

「見たい。うどんの麺を持ち出した要領でやりゃいいんだ」

この幼馴染は簡単に言ってくれる。どれほど大変なことなのかどうすれば伝わるのだろうか。

「話は変わるが」健ちゃんが部屋を歩く。「小麦粉の鑑定結果は出たのか?」

「中間質小麦」僕は鑑定結果を書き写した手帳に視線を向けた。「一般的な家庭用小麦で、うどん作りに向いたいわゆる中力粉というものだった。小麦粉というのは業務用では細かく分類されてて用途別、等級別に百種類近い製品があるんだってね」

「らしいな」健ちゃんが頷いた。「けど、撒かれた小麦粉は違う。どこでも手に入る代物ってことだよな。証拠品の麺と同じだ」

「小麦粉に関しても、京香ちゃんがわざわざ持ち歩くものじゃない」

じりじりと焦れる。真犯人の影が濃くなるにつれて、京香ちゃんの身が心配になった。

「おそらく京香ちゃんはこの部屋を訪れたとき、うどんも小麦粉も持っていなかった。麺に関していえば、この部屋を出たあとにのの屋を訪ねようと思ってたんじゃねえのか。だから真犯人はスーパーマーケットで一般的な麺と小麦粉を買った」

「京香ちゃんを犯人に仕立てるため」

「そういうことだ」

「……誰が」

「一つ言えるのは、京香ちゃんがこの部屋を訪れる前に別の人間がここにいた、ってことだ」

「そう言い切れる根拠は？」

「お前が京香ちゃんをこの部屋に招くならどうする？」

「そうだな」頭を掻きながら部屋を見回した。「部屋に招き入れて、そこのソファに座らせるかな。で、お茶を出す」

「だよな」

健ちゃんに腕を引っ張られ、二人でソファに腰掛けた。

「さっきからずっと気になってたんだ。あれはねえよな」

健ちゃんが正面を指差した。指の先にある壁には雑誌から切り離されたグラビアが貼られている。ビキニ姿のピンナップガールがこちらに微笑みかけてくる。しかも三枚。

「ひとり暮らしの男なら別に変じゃないと思うけど」

「好意を抱いてる女を部屋に招き入れるんだぞ。これ見よがしに一番目立つ場所に貼ってあるじゃねえか。どう考えてもマイナスだ」

僕なら剝がしておく。「でも、京香ちゃんが突然、訪問したのかもしれない」

「だとしても、剝がす時間くらいはある」すぐに反論が飛んできた。「それに、テレビの横に置かれてる物、ありゃアダルトＤＶＤだろ。これはさすがに隠すよな」

真っ先に隠す。こういうものに理解を示さない女性は多い。

「普段は出しっ放しでも、神経質になるかもしれない」

「宇野は京香ちゃんが来たのに、グラビアとＤＶＤを片づけられなかった。なぜか？すでに死んでたからだ。先客がいたんだよ」

「でも、京香ちゃんは何度もこの部屋を訪れてる。宇野はそのたびにグラビアを剝がして、ＤＶＤを隠す。それから京香ちゃんが帰ったあと、またグラビアとＤＶＤを元の場所に戻してたんだろうか。面倒だよね。その手間が苦にならないほどファンなのか……。それにしては、彼女の写真集やカレンダーがないね」

「……そうだな」健ちゃんがこちらを見て表情を和らげた。「落ち着いてるな、雄太」

「何が？」

「京香ちゃんは真犯人と一緒にいるかもしれねえのに、焦らずによく頑張ってる」

健ちゃんにはそう見えるのか……。

ずっと気を張って強がっていた。不安、心配、焦燥、恐怖は隙を見せるとわっと表面に出てくる。出てくると思考と動きが極端に鈍る。今の僕には邪魔な感情だ。

「次は宇野の友達や仕事先に話を聞きに行くぞ」

……そろそろ署に戻らないとまずいだろうか。現実がふと頭の隅を過る。

「どうした？　早く京香ちゃんを見つけて、母ちゃんにもいい報告できりゃいいな」

迷いは吹き飛ぶ。大きく頷いた。


宇野清喜の友人三人に話を聞いて回ったけれど、鈍い反応だった。仕事中ということもあり、今朝も別の警察官に質問をされたということで鬱陶しそうに対応される。その中のひとりは職場である自動車整備工場の前で、「友達じゃない」とはっきり言い切った。迷惑だ、とも。

宇野は逮捕され、昔の仲間との繋がりを失ったようだ。別の友人は出所して一度だけ連絡があったそうだが、前科のある人間を家族に近づけさせたくないという理由で冷たくあしらったらしい。

「宇野も不憫な奴だよなー」

タクシーの中で健ちゃんが言った。

僕はじっと隣を見つめる。

「思ってもいないくせに」

「見抜くねー」健ちゃんが前歯を剥き出した。「宇野が仲間に見捨てられるのは自業自得。だからなおさら昔の恋人である京香ちゃんとの復縁にこだわってたのかもしれねえな」

「過去の過ちを背負いながら前を向いて歩んでいる人間にとっては大迷惑だよ」

数十分後、宇野が働いていた弁当製造宅配業者に到着した。狭い駐車場を過ぎ、白い二階建ての社屋に正面から入る。すぐに事務スペースがあり、来訪者である僕たちに制服姿の若い女性が応対した。

身分と来訪理由を明かすと、嫌な顔をされる。警察の訪問は歓迎されない。何度も経験していることだ。受付の女性は面倒そうに宇野について詳しい話のできる従業員を呼び出した。

白い作業服で全身を覆った男が現れた。すでに警察の訪問だと告げられているようで、だるそうな足取りだった。目の前まで迫り、「またですか」と不満を洩らした。

外を指差し、出るように促された。

三人で社屋を出ると従業員の男はマスクを外し、おもむろに煙草を取り出して火を点けた。三十代前半の髭の濃い男。

「森さんですか」

僕は男の胸につけられたバッジを見る。

「今日は何？」煩わしそうに煙を吐き出した。「前も話したけど、宇野とは親しかったわけじゃなくて、仕事の指導をしてただけだからな。前科があったことも、殺されてはじめて知った」

「何も知らねえのか？」と健ちゃん。

「元恋人に言い寄ってたのは知ってる。警察に話したぞ」

「はい」と僕は頷く。

「宇野はストーカーだよ」森が煙草の灰を足元に落とす。「だってよ、あいつ、いつも帰宅する際の帰路が違うんだぜ。今日は通常ルートかと思えば、翌日は遠回り。その次の日は自宅とは逆の方向にバイクを走らせる。どうやって相手の行動を調べてるのか知らないが、相手の行動によって帰り道を変えてたんだよ」

違う。京香ちゃんは佐草うどん店の二階に住み込みで働いており、うどん店巡り以外はほとんど外出しない。毎日、いろいろな場所に赴いてつけ回すという行為は当てはまらない。

宇野は何のために帰路を変えていたのか……。

「ストーカー行為が行き過ぎて元恋人に殺されたんじゃないのか」と森。

「それじゃ駄目なんだ」

無意識に声に出していた。

「え？」

「いや、こっちのことです」

「あー、けど、最近はひとりで帰ることは少なくなってたかな」森が言う。「会社に慣れたってこともあるんだろうけど、同僚を誘って飯を食って帰ることが多かったかもしれない。元恋人への気持ちを吹っ切ろうとしてたのかもな」

「さっきまでと話が違うな」健ちゃんの眉間に深い皺が寄った。「前向きな男になっちまったぞ」

「だから知らねえんだって」森は溜め息をつく。「引っ越しを考えてたようだし、心機一転したかったんじゃねえのか、って思っただけだ。いい物件を知らないか、って相談されたことがある」

「その話は聞いていませんが」

警察でその情報は共有されていない。

「今、思い出した」

はっと閃いた。

「健ちゃん、宇野清喜は誰かにつけ回されていたんじゃないかな」

「何を言ってんだよ、あんた」森が笑う。「復縁を迫ってたのは宇野のほうだ。これは間違いない」

「黙れ」健ちゃんが声で押さえつける。「復縁を迫ってる男が別の誰かにつけ回されちゃいけないってことはねえだろ。つづきを話せ、雄太」

「ストーカー被害の講演会に出席したことがあるんだ。被害者がまず気をつけるのが自宅の警備。宇野の部屋には補助錠がつけられていた。しかも二つ」

なるほど、と健ちゃん。

「帰路がばらばらというのは待ち伏せやつけ回されるのを嫌って、と考えられる。同僚を食事に誘うようになったのはひとりになりたくなかったから」

「引っ越しを考えてたのはストーカー被害から逃れるため、か」

「ストーカーが宇野を殺したなら、宇野が好意を寄せていた京香ちゃんは恨みの対象となり得る。真犯人が恨みの対象者の髪を切るという性質の持ち主なら、当てはまる」

健ちゃんが森を見た。「そういう話を聞いたことはあるか」

「まったくない」

健ちゃんの顔がこちらを向く。難しそうな表情で唸った。

「宇野がストーカー被害に遭ってたなら、何で周囲の人間に話さなかったんだ。復縁がうまくいかないっていう情けないことを話してるんだぞ。ストーカー被害のことを話さねえのは不自然だ」

「……それもそうか」

残念だけれど、推理を引っ込めるしかない。

「もう一つだけいいか」健ちゃんが森に向かって人差し指を立てた。「宇野と団扇。この組み合わせを聞いて何かピンとこないか」

「それは簡単」

僕は驚きとともに森を見つめた。

「うちの会社は入社すると、団扇作りの工房に体験に行くことが研修の一つになってる。得意先ということもあるけど、地元産業に関する講習を受けて体験することによって、より地域に溶け込んで貢献できる人間になるって趣旨らしい。俺もやったよ」

「そういえば」僕は思い出す。「団扇には企業や商店なんかの名前が印刷されてなかった。どこかで配られたノベルティじゃないってことだ」

「工房で作った団扇は持ち帰れるのか？」と健ちゃん。

「もちろん」森が頷く。「俺が工房に行ったのは七年も前のことだけど、まだ家にある。

しっかりとした竹製団扇だよ」

　健ちゃんがこちらに視線を寄越す。

「団扇工房で働く誰かが犯人ってことはねえか」

「あれがダイイングメッセージで、犯人が団扇工房の誰かなら、犯人は絶対に宇野から団扇を奪うだろうね。ヒントが直接的過ぎる」

「それもそうか。なかなか真犯人に近づかねえな」

「今まで聞けなかった新たな宇野像を知ることができました」僕は森に礼を言う。「捜査本部に持ち帰ります」

「役に立てたんならよかった」森が灰皿に煙草を投げ捨てた。「早く犯人を捕まえてくれよ。何度も来られちゃ鬱陶しい」

　すみません、と頭を下げ森の背中を見送った。

「今日はこのへんで署に戻るよ」と健ちゃんに伝える。

「そうだな。お前が警察をクビになっちまうと寝覚めが悪い」

　翌日、午後五時過ぎに佐草うどん店を訪れた。誰もいない店内で健ちゃんとテーブルを挟んで向き合って座る。店の蛍光灯は半分消えており、薄暗い。紗彩も来るはずだったが、急ぎの仕事が舞い込んだそうで不参加となった。

「毎日、勝手に署を抜け出して大丈夫なのかよ」健ちゃんは棒つきのアメを舌の上で転がす。「そっちの捜査は進んでるのか」

「事件現場の浴室に落ちてた頭髪はＤＮＡ鑑定の結果、京香ちゃんのものだと確定した」

小さく溜め息をついた。

「それよりも、十三年前の事件との共通点が明るみに出て、僕は生活安全課の応援って名目で事件の捜査から外されたんだ。ここにいるほうが動ける」

「ふーん」興味なさそうだった。「だったら持ってきたんだろうな、あれ」

カバンを開いて大きな茶封筒を出した。白い手袋と一緒にそのものを健ちゃんに渡す。

「うどんと違って持ち出すのに苦労したよ」

封筒の中身はビニール袋に入れた団扇。同じ絵柄の団扇を用意し、それとすり替えたのだ。重要な証拠品に位置づけられているものではないものの、人目を盗んで行動するのは緊張感があった。

しかし、これは万全な策ではない。いつかはばれる。いや、すでにばれているかもしれない……。

手袋をつけた健ちゃんがゆっくりと取り出した。

「おい、雄太。団扇が三本あるなんて言ってたか?」

「言ってない」

「言えよ」

本数まで質問されなかったから……。

「ごめん」

「どれも竹製団扇だな」健ちゃんが三本の団扇をまじまじと見る。「全部、宇野が作ったものなのか?」

「調べによるとそうらしい。団扇作りが気に入ったのか、納得できるまでつづけて三本作ったらしいよ」

健ちゃんは口に含んでいたアメをティッシュの上に置いた。

「絵柄は城に、花火に、朝顔か……。宇野はこの中の城を握ってたんだよな」

「あとの二本は遺体のかたわらに落ちてた」

「ん?」健ちゃんが団扇に顔を寄せた。「この花火の団扇の柄、城の団扇と同じように汚れてるな」

「その汚れは被害者の血液。自分の血で濡れた手で握ったあとも残ってた」

「宇野は花火の団扇も握ったってことか。けど、花火の団扇は被害者のかたわらにあったんだよな。握られていたのは城の団扇だ」

「それが？」

「絶命の直前、宇野は選択した」

「選択……」

「ますます握られた団扇にメッセージが隠れてる気がしねえか」

そうだろうか……。僕は首を捻る。

「肝心のメッセージはわからねえんだけどな」健ちゃんが自分の頭を乱暴にさすった。

「で、今から縫製工場に行くんだよな。そこに何がある？」

佐草うどん店を訪ねる前に、健ちゃんにそう連絡していた。

「宇野は誰かにつけ回されていたんじゃないか……」

「だからな」健ちゃんが声を大きくする。「そんな被害に遭ってたら周りに話してる。

……それとも何か情報が出たのか？」

「出てない。でも、ずっと引っかかってたんだ。ストーカー被害のことを話せない理由があったとしたら、言わないんじゃないか、って」

「理由って何だよ」

「それはわからない。でも、そう仮定すると宇野をつけ回す可能性があるのは仕事関係の人間という可能性が高い。健ちゃんも知ってるように、宇野の昔の友人たちは距離を置いている。それに宇野は刑務所から出所して間もない。仕事場以外で新しい関係を構築するのは難しいと思うんだ。まったく知らない人物がストーカー化することもあるだろうけど、可能性は低いよね」

「警察官らしくなったじゃねえか」

「それで、ここに来る前に宇野が働いてた会社に寄ってきた」

「鬱陶しい顔をされたろ」

「それは仕方ないね」

対応に出たのはまたもや森で、あからさまに嫌な顔をされた。

「相手がストーカー化するなら会社の人間か、取引先の人間。宇野は弁当の製造だけじゃなく配達もしてたそうだから」

「で、どうだった？」

「会社の人間に宇野に好意を寄せている人物はいない。宇野は女性職員とはあまり話もしなかったそうだから。それから、取引先のことまではわからないということだった」

「駄目じゃねえか」

「だから質問を変えた。宇野が配達を変更してくれ、と申し出た配達先はないか、と」

「あったのか？」

僕は頷く。

「変更を申し出ることはなかったけど、配達を嫌がるような素振りを見せていた配達先があった。といっても、面倒な配達先や取引先はほかの従業員も一ヵ所くらいはあるようで、別段珍しいことではないらしいけどね」

「その配達先ってのが、縫製工場か」

「江本縫製工場」

「江本って、そこの」健ちゃんが店の裏を指差すように腕を上げた。「駅の裏にある小さな工場のことか」

「そう」慎重に頷いた。「地図を見せて確認したから間違いない。従業員十人分の昼食を年契約しているらしい」

「ちょっと待てよ」健ちゃんが視線を逸らし、短い時間黙った。「このあたりに仕事場のある人間なら、商店街を利用するよな。京香ちゃんが小麦粉やうどんを持ち歩くことを耳にしてるかもしれねえ」

それに、僕たち三人の母親と顔見知りになる可能性も高い。

頷くと同時に腰を上げた。

「行くのか？」

「ほかに選択肢はないよ」

健ちゃんが立ち上がった。ティッシュの上に置いたアメを口に入れ、がりっと嚙み砕いた。

「いい顔をするようになったじゃねえか、雄太」

二人で店を出ると夕日が顔に射した。眩しくて目を細める。

「部屋に撒かれてた小麦粉とうどんだけど」僕は口を開いた。「事件当日、現場周辺のスーパーマーケットでその二商品を購入した人物がいないかと捜査員総出で調べてたんだけど……」

「どうだった？」

「見つからなかった」僕は首を振る。「それと、現場に貼られてたグラビア、どれも今週はじめに発売された雑誌に掲載されていたものだった」

「今週って……急に思い立って貼ったってことか」

「雑誌自体は毎週、被害者が購入していたもので、押し入れの中に過去の刊が紐で縛って置いてあった」

「押し入れの中の雑誌でグラビアが切り取られていたものは？」

「なかった。同じ女性が数ヵ月前に同じ雑誌のグラビアを飾っていたけど、そのままだった」

「やっぱそのアイドルのファンってわけじゃねえのか……」

疑問を残しつつ歩を進める。商店街を抜けるまで無言だった。

駅舎を越えるとすぐに工場が見えてくる。狭い月極駐車場の隣だ。錆びたトタンの壁に囲まれ、簡易な窓が夕日を反射している。看板が設置されているが、何とかその文字を確認できるといった様相だった。

建物に入ると、右手に事務机が四つ並べられた場所がある。奥は仕切られずにミシンが並び、一台にひとりずつ腰掛けて作業をしていた。細かい埃が舞い、作業員は全員マスクをしている。ミシンで布を縫いつける音が絶え間なくやかましく響いていた。今日は土曜日だけれど、忙しそうだ。

こちらに気づき、小太りの中年女性が笑みを浮かべながら近づいてくる。

「どちら様でしょうか」

身分を明かすと女性の顔が強張った。振り返り、「社長」と呼ぶ。

最奥の席から大きな体軀の男が現れる。警察だって、とフレンドリーに女性が伝えた。

細いフレームの眼鏡をかけ、頭部の両サイドに髪の毛が少しだけ残った社長は表情を曇らせる。五十代前半と思しき彼は頭を下げた。

「江本社長ですか？」と健ちゃんが不躾《ぶしつけ》に訊く。

「はあ、江本夏夫といいます」

巨漢の社長は名刺を差し出す。

「いい名前だ」

健ちゃん、その語調じゃお世辞にもなってない。

「あの、どういった用件でしょうか。ここは私とこの事務員、それから八人の作業員でやってる小さな工場です。納期が迫っていて、少しの時間も惜しいんですが」

「手間は取らせません」と僕。

「弁当を配達してくれていた男性のことで、以前にも警察が来ました。まだ何かあるんでしょうか」

「たいしたことではないんです」

雰囲気を和らげるために笑みを向けた。緊張状態は会話に支障をきたす。言葉に信憑性を持たせるために話を少しだけ脱線しようか。

「お忙しいとおっしゃいましたが、江本さんもミシンがけをするんですか」

「いえいえ、私はもともと公務員でして」江本が額を掻いた。「父が病に伏せってからは父の意向もあってこの工場を受け継いだ次第で……。洋裁に関してはあまり詳しくなく、素人同然なんですよ」

「事務員さんの名前は？」と健ちゃんが割り込む。

会話の組み立てが台無しになってしまった。

「広本ですが」事務員の女性は心配そうに答えた。「何かあるんですか」

「ないない」健ちゃんが手をひらひらとさせる。「名刺ちょうだい」

事務員の女性は渋々といった様子で健ちゃんの手の平に名刺を乗せた。

「えっと、次は……」

健ちゃんが歩を進める。ミシンの前で作業をつづける作業員に声をかけた。手を差し出す。

作業員の女性はポケットから何やら取出し、渡した。どうやら名刺のようだ。健ちゃんは受け取ると、次の作業員に声をかける。

「あの、あの方はいったい何を?」と江本。

「名刺を集めているんだと思います」

「何のために?」

僕が訊きたい。何か目的があるのだろうが、想像もつかなかった。

作業員は年齢がばらばら、若い女性もいればベテランらしき初老の女性も見受けられる。共通しているのは全員が女性ということだ。

名刺を集める健ちゃんの後ろについた。

「勝手なことをしないでくれるかな」

「気にするな」

健ちゃんは名刺をトランプのように繰り、はぐらかした。

手間を取らせてすみません。僕は作業員ひとりひとりに頭を下げた。

「あのう」江本がぬっと顔を出す。「もうよろしいでしょうか。さすがに時間が……」

彼は自分の腕時計を人差し指でトントンと叩いた。

「お忙しいなら、奥様に話を聞かせてもらってもいいのですが」

「いやー、参ったな。結婚には縁がないようでして、まだ……」

「ちょっとあんた、関係のない質問はやめなさい」事務員の女性が口を挟む。「時間がないの、もういい？」

僕のミスだ。左手薬指に指輪がないじゃないか。余計な提案をして溝を作ってしまった。

「雄太、今日のところは退散するか」

健ちゃんには何か成果があったのだろうか。まだ質問したいことはあったのだが、仕方ない。

僕は丁寧に礼を伝え、縫製工場をあとにした。

「なあ、雄太」商店街に差しかかった頃、健ちゃんが呼びかけてきた。「宇野清喜が握ってた団扇ってどんな状態だった？」

「まだダイイングメッセージにこだわってるの？」

「いいから教えろ」

僕は現場を想起し、詳細に伝えた。

「あれ、紗彩」

健ちゃんの言葉に反応して前方を見ると、確かに紗彩がいた。佐草うどん店の前にひとり立っている。

「何やってんだ。うどんならねえぞ」

「気になったから仕事を片づけてきたの。ねえ、どうだった？」

「まだこれからだ」

健ちゃんがドアの施錠を外した。中に入る。

「これからって……」

テーブルを囲んで腰掛けた。

「怪しい人はいなかったの？」

「いたような気もするし、いなかったような気もする」

「何よそれ」紗彩がこちらを向いた。「雄太はどんな印象だった？」

「こいつはさっきから浮かない顔をしてる。俺の質問に答えた以外は何を考えてるんだか黙ったままだ」

「質問があるんだ」僕は目の前の紗彩を視界に入れた。「ミシンを使うときって爪には気を遣うもの？　毎日、手入れしたりさ」

「どうかな」紗彩が自分の指を揉む。「わたしの場合はこの通り深爪で手入れというほどのことはしてない。生地に引っかからない程度の長さなら問題ないと思うよ」

「何だよ、雄太」健ちゃんが身体を寄せる。「爪の汚い人物でもいたのか」

「いや」

「あ、でも、うちの師匠は親指と人差し指の爪を伸ばして手入れしてたかな。襟先の角出しをするのに便利なの」

「江本縫製工場でも手入れの必要があるかな」

「ないと思う。あそこで作るものは簡単な工程のものばかりだから」

「それが何なんだよ」と健ちゃん。

　僕はすっくと立ち上がる。

「二人ともごめん。僕はこれで帰る」

「どこに行く？」

「団扇工房」

　翌日の夕刻近く、僕は佐草うどん店にいた。午後二時半にうどん玉がなくなり、店はすでに閉まっている。作治と文子はすでに帰宅し、せかせかと健ちゃんが片づけをしていた。

「何かわかったって本当？」

紗彩がテーブルを拭く健ちゃんに訊ねた。

「だから二人を呼んだんだ」

健ちゃんがにっと口角を伸ばした。

「何かわかったってことは」紗彩の声が慌てる。「京香さんを助けられるってことだよね。それから、それはあれだよね……」

それは、あれだ。母さんたちを殺した犯人に近づけるということ。

「紗彩、目を逸らさずにちゃんと見てろよ」

「……うん」

健ちゃんのテーブルを拭く手が速くなる。

「詳しい話は縫製工場に行ってからだ」

僕にも話したいことがあったのだけれど、縫製工場に場所を移したほうが都合がよい。慣れた動きで店内を掃除する健ちゃんをぼうっと眺めていた。

「またですか」江本縫製工場の事務員が溜め息をつく。「しかも今日は女の刑事さんまで」

少し遅れて江本社長が疲れたような表情で現れた。

「まだ何か」

「この人を呼んでください」

健ちゃんが名刺を一枚、事務員の女性に渡した。さっそく本題に入るようだ。

事務員の女性に肩を叩かれた作業員がこちらを見た。三十代後半と思しき彼女は首を傾げながら眼前に立つ。目鼻立ちがはっきりとしているため薄化粧でも整った容姿だ。雑多な工場で埋もれるように働くのがもったいない。

「刑事さん」彼女は細い声を出す。「私に話があるとか」

「あるある」

健ちゃんは刑事じゃない。

「宇野清喜って男を知ってるよな」

「ええ、まあ」彼女は肩まで伸ばした後ろ髪を触りながら頷いた。「お弁当を配達してくれるようになった新人さんですよね」

「顔見知りってことだな」

「お弁当を受け取るときに話したことくらいはありますけど……」

「どう思った？」

「どう、と言われても」彼女は困る。「普通の若者だとしか……。明るい感じの人物ではなかったかな」

「彼が殺されたことは？」

「もちろん知ってます。驚きました」

健ちゃんはこの作業員を疑っているのだろうか。薄々、彼女のほうも質問の意図に気づいているようだ。

「宇野清喜は殺されるとき、団扇を握ってた。薄れゆく意識の中で必死に摑んだんだろうな。ダイイングメッセージって知ってるか」

やはり健ちゃんはまだそれにこだわっていた。

「推理小説が好きなので、一応……」

「宇野清喜が握っていた団扇の絵柄な、城だったんだ」

「……城」

「宇野はストーカー被害に頭を悩ませてた節がある。それに、この工場に弁当の配達をすることを嫌がってた。宇野の人間関係は狭くて、ストーカーは会社の人間か取引先の人間じゃねえか、って俺たちは考えてる。でな、そのストーカーが宇野を殺したんじゃねえか、って思ってるんだ」

「まさか……そのストーカーが私だと疑っているんですか」

「そうだよ、城田保子。あんたは宇野清喜をつけ回してたストーカーで、思いが届かず殺しちまった」

「ちょっと待って」僕は話を遮った。「城田さんで、城の絵柄なんて直接的過ぎる。彼女が犯人なら気づいて団扇を引き離しているはずだよ」

「気づかなかったんだ。昨日、団扇の状態を質問したよな。宇野は団扇を握っていたが、絵柄は下を向いていた。城の絵は見えなかった。そうだろ？　人を殺したあとだぞ、裏になった団扇の絵柄を確認する余裕なんてねえ」

確かにその通りだ。頷いた。

「ダイイングメッセージは単純なものじゃなくちゃいけねえ。というか、そうならざるを得ねえ。絶命間近の人間には時間がねえからな、真っ先に思いつくのが自分を殺した人間の名前だ。最初はとっさに花火の団扇を摑んだんだろう。けど、はっと思いついて近くにあった城の団扇に持ち替えた。城の絵柄で、城田。あんただよ」

「そ、そんな」城田保子は表情を引き攣らせる。「私じゃありません」

「あんた独身だろ。三十八歳、この工場に勤めて十六年だそうだな。それだけ職歴の長い作業員はあんただけだ」

健ちゃんは母さんたちの事件のことも視野に入れて推理しているようだ。十三年前だと、二十五歳か……。

「あのさ」僕は会話に割って入った。「前に健ちゃんが言ってたことだけど、もしもストーカーが存在するなら、その件を周囲に話さなかった理由を説明できなければならない。こんなに美人なんだ、彼女がストーカーなら同僚に自慢げに話すと思う」

「美人だからだ。宇野は京香ちゃんとの復縁を望んでた。それなのに、ストーカーだとしても周囲に彼女のような美人がうろうろしてたら、京香ちゃんにあまりいい印象を与えねえよな。同僚に話して京香ちゃんの耳に入ったら勘違いされるかもしれねえ。京香ちゃんのことを同僚に話すのは一種のアピールになるが、美人ストーカーのことはこっそり解決しようと思ってたんだ」

「なるほど」

「話になんないわね」事務員の女性が呆れ声を出した。「城田さんがストーカーね。これはお笑いだわ。彼女は来月結婚するのよ。そんな馬鹿なことをするわけがないでしょ」

「は?」健ちゃんが伸び上がるように驚く。「その話は聞いてねえぞ。おい、黒川朝子」

奥のミシンで、四十代半ばの女性が立ち上がった。つんと顔を背ける。

「この工場で独身なのはあんたと城田だけだって言っただろ。結婚するなら言えよな」

結婚のことを伝えなかったのは女の嫉妬というやつだろうか……。

「私じゃありません」と城田がきっぱりと否定した。

「僕もそう思う」彼女に助け舟を出した。「城田さんは犯人じゃないよ。健ちゃんの推理には穴がある」

「何？」

「宇野清喜は団扇の絵柄を確認できる状態じゃなかった。顔も切られてた、って言ったよね」

確か話したと思うけど……。

肝心なことを話さない、と不満げに言われることはなかった。

「彼は右の瞼と顎がばっさりと深く切られ、両目の中に血が流れ込んで真っ赤だった。あの状態じゃ瞼を開いておくことは不可能。もし開けたとしても視界はゼロに近かったんじゃないかな。だから、団扇の絵柄を確認することはできなかった」

「雄太」健ちゃんが僕の肩を摑む。「そういう肝心なことは詳しく話せ」

「今日はそれだけですか」江本は呆れるように笑みを浮かべた。「それだけなら、もうよろしいですか」

「次は僕が」控えめに手を挙げた。「すぐに終わります」

咳払いのあと口を開く。

「僕の知り合いにネイルサロンを経営する人物がいます。数ヵ月先まで予約がいっぱいの繁盛店らしいんですが、技術が未熟だった頃は僕の爪を練習台にしていました」

「何の話だよ」と健ちゃん。

「甘皮って知ってる？　爪の根元にある薄い皮のことなんだけど、これってこのままにしておくと見た目にもあまり美しくなくネイルアートの邪魔になるそうなんだ。それに、爪が綺麗に伸びることを妨げる場合もある。マニキュアの仕上がりに差が生じることもね。姉のネイルサロンでは必ず甘皮の処理をする、って」

「それが？」

「江本さん」僕は社長と対峙した。「すべての指の甘皮が綺麗に手入れされていますね」

社長の江本は分厚い手を素早く後ろに引っ込めた。

「江本さんはミシンに関して素人同然という話でした。でも、忙しそうなので手伝うことがあるのかもしれません」

少しだけ首を捻って隣に立つ紗彩を見た。

「でも、この工場では爪の手入れが必要なほど難しい工程はない。普段、ミシンに触ることは？」

「いえ、特に……」と江本は声を落とす。

「最近は爪の手入れに熱心な男性もいるそうです。姉の店にも男性の常連客がいると聞きました。江本さんは爪に加えて指の毛も処理しているようです。それほど指に気を遣う理由があるんですか」

「理由と言われましても……困ったな」

自分の考えを突きつけようと決める。

「女性の心を持つ男性というのは、女性よりも美意識が高いと聞きますが本当ですか」

江本は吸った息を止めた。はっとした表情のまま硬直する。

「あの」事務員の女性を見た。「あなたは江本さんの中の女性の部分に気づいているんじゃないですか。昨日、僕が奥さんの話を出した際、大きな声で強引に止めましたよね」

「私は、別に……」

事務員の女性がひどく慌てる。

「女装クラブ人魚をご存知ですね。クラブのママから借りてきました」

僕はカバンの中から三枚の写真を取り出す。

「ここに写っているのはあなたですよね、江本さん」

「お、ほんとだ」健ちゃんが手元を覗き込む。「ロングの黒髪はカツラか。赤いワンピースを着るとやっぱ印象が変わるな」

江本は俯き、自分の足を眺める。

「で、この写真が何だってんだ」

社長の性質のことを知らなかったのだろう、作業員の一部がとても驚いている。

手袋を装着し、カバンの中から三本の団扇を取り出した。

「城の絵柄の団扇と花火の絵柄の団扇です。宇野が触れたのはこの二つ」

「知ってるよ」と健ちゃん。

「この二つの違いがわかる？　もちろん絵柄以外で」

健ちゃんがじろじろと眺める。けれど、いつまで経っても眉間の皺は消えない。

「柄の部分に注目して。城の団扇は持ち手の竹の部分が平たく、花火の団扇は持ち手が丸い。前者が平柄と呼ばれてて、後者が丸柄と呼ばれてる」

「昨日、団扇工房に行って講習を聞いたのか」

首肯する。一時間弱の短いものだったが、興味深い内容だった。

「丸柄の団扇は天明年間、丸亀藩が武士の内職に奨励したこともあって、代表的な地場産業に発展したそうなんだ。その後、平柄は丸柄に比べて製造が簡単で、大量生産に向いてるために現在の丸亀団扇は平柄が主流になってる」

「丸柄と平柄……そういうことか」健ちゃんがにやっと笑う。「雄太の言いたいことがわかった。目が見えなくても、柄に触れれば違いがわかるってことだな」

「宇野清喜は襲われたとき、偶然団扇を握ったのかもしれない。おそらく最初は花火の丸柄。そこから城の平柄へと持ち替えた」

「選択だな」と嬉しそうに健ちゃんが言った。

「ダイイングメッセージ」

僕はつぶやく。健ちゃんのこだわりにいつの間にか中《あ》てられていたのだ。

「どんなメッセージが隠れてるんだ？」

「団扇の材料として使われる竹には二種類ある。男竹と女竹。男竹は皮が硬く、表面は滑らかで光沢がある。女竹は細くしなやかで、表面が荒く光沢がない。節が飛び出しているのが男竹で、へこんでいるのが女竹。これも触れば判断できる」

「男と女か」

健ちゃんはすでに理解しているようだった。

「そして、丸亀団扇の平柄は男竹で作られる。宇野も団扇工房の講習で同じ説明を受けたはず。彼は絶命前の一瞬でその説明を思い出し、犯人は女ではなく男だと伝えようとした」

江本の顔は紅潮し、額に汗が滲んでいた。

自分で相手を追い詰めたはずなのに、僕は驚いていた。本当にこの男が真犯人なのか、ダイイングメッセージとは都市伝説ではなく現実に存在し得るものなのか、と。

「残念ですが、宇野はあなたのことを男性としか見られなかった」

江本は落ち着きなく指を動かしはじめた。

「こいつがストーカーってわけか」と健ちゃん。

「江本縫製工場は宇野が勤めていた会社にとって年間契約をしている上客。会社に事実を告げても、守るべきは刑務所を出所したばかりの従業員ではなくお得意さん。そのことがわかっていて、宇野は何も言えなかったのかもしれない。同僚に不用意に愚痴ってようやく見つけた働き口を失うわけにはいかないだろうしね」

僕は江本を睨みつけた。話をつづける。

「あなたは事件当日、つまり今週の水曜日の午前中、宇野清喜と会う約束を強引に取りつけた」

江本に動きはなかった。反応したのは健ちゃんだ。

「何でそう言える？」

「壁に貼られたグラビア、床に置かれたアダルトＤＶＤ。それらには宇野の主張が隠されていたんだよ。自分は女性にしか興味がない、というアピール。宇野と江本さんは急遽、会うことになったんだ。だから発売されたばかりの雑誌に載っていたグラビアを壁に貼った」

「どうなんだよ、反論はあるか？」

江本が顔を上げ、こちらに鋭い視線を飛ばした。目が充血している。

「徹底的に調べます」

僕は言葉を強くした。

「事件当日、現場近くの店舗で小麦粉とうどんを購入する人物の姿を見つけることはできませんでした。でも、範囲を広げれば見つかるかもしれない。万引きしたのだとしても、店舗を訪れるあなたの姿がカメラに映っているはずです。それに……」

声に怒気が混じった。

「これからあなたの住居、工場、事務所などありとあらゆる関係先を捜索する。そこに女性が捕らわれていたなら、もう言い逃れはできない。その女性が少しでも傷ついていたら、僕はあなたを許さない」

「まだだ」健ちゃんが江本に圧をかけるように身体を寄せた。「京香ちゃんの髪の毛を切ったのは何でだ？」

江本が視線を外す。額から汗が流れ落ちた。

「お前が殺したのか」

紗彩も隣で怖い顔をしている。おそらく僕の表情も強張っているに違いない。

「十三年前、この町で三人の女性が殺された。俺たち三人の母親だ。彼女たちも髪の毛を短く刈られてた」

江本の顔がさらに赤くなる。耳、首筋も同色に染まった。

「殺したの？」紗彩が小さく声を発する。「あなたが女装している写真を見てはっとした。腰のあたりまである長い黒髪のウイッグ。長い髪は女性の象徴という人もいる。あなたの憧れが投影されているように思える。恨んだ相手が女性だと髪を切りたくなるの？」

江本は答えず、鼻息を荒くする。

「それとも、宇野には好意を寄せていたから髪を切れなかっただけ？」紗彩の表情がいっそう険しくなる。「わたしたちの母親にどんな恨みがあったのよ」

「どうなんだ？」と健ちゃんが唾を撒き散らした。

「違うなら否定してください」

僕はゆっくりと伝えた。

追い込まれた人間が取る行動はいくつかあるが、江本の行動はその中でも一般的なものだった。

逃げる。江本は身体を震わせたかと思うと、出口に向かって足を前に出した。

僕は瞬間的に彼の腕を摑む。同時に足をかけた。

巨体が床に転がる。うつ伏せに倒れた江本の背中に膝を落とし、体重をかけた。つづけて腕を後ろに捻じって動きを封じる。それでも暴れることをやめない。

「警察に連絡。僕の名前を出していいから」

紗彩は指示に従い、工場の電話を事務員の女性に借りた。

「おい、てめえ」健ちゃんが江本の頭に声を投げつける。「十三年前のことを話せ。俺たちがこれまでどれだけ苦しんだかわかるか……母ちゃんを返せよ」

江本の呼吸がおかしい。痙攣するように身体が何度も跳ね、そして動かなくなった。

「まさか死んだのか」

「大丈夫」

泡を吹いて気絶したようだ。

「くそ、十三年前のことは何も聞けなかった」

「あとは警察が……いや、僕がやる」

健ちゃんが肩に手を置いた。

「任せたぞ、お巡りさん」


江本夏夫はその日のうちに犯行を全面的に自供した。

宇野と会う約束を取りつけた江本は電話口で、「最後の話し合いをしよう」と言われたそうだ。不穏な空気を感じ取った彼は包丁を準備してアパートに赴く。話し合いはやはりこじれ、犯行に及んだ。

その直後、運悪く京香ちゃんが宇野の部屋を訪問する。彼女は宇野に無理やり訪問の約束をさせられていた。

江本は京香ちゃんを包丁で脅し、部屋にあった粘着テープで身体の自由を奪った。京香ちゃんを犯人にしたてようと画策するが、宇野が想いを寄せる相手だとわかると憎しみが湧き、暴力を振るう。そして、髪の毛を……。

その後、江本は一旦現場を立ち去る。アパートから離れた場所に停めていた自家用車で自宅に戻った彼は返り血に染まった衣服を着替えると、二つ隣の町にある個人商店で市販の小麦粉とうどんを購入した。店に監視カメラはなかったが、近くのコンビニの防犯カメラに江本の車が走り去る様子が映っていた。何よりも店員が江本の特徴的な体格を覚えていた。

江本は宇野の部屋に小麦粉とうどんを撒き、京香ちゃんを自宅の二階に監禁する。行き当たりばったりの一連の偽装がほとんど誰の目にも触れずすすめられたことは奇跡と言えよう。

男の自宅から発見された京香ちゃんはひどい暴行を受け、衰弱した状態で入院が必要だったが、命に別状はなかった。凶器の包丁も同部屋で見つかった。

心底ほっとする。捕らわれの身となった京香ちゃんが大人しかったこと、好意を寄せる宇野を手にかけてしまった脱力感、事件が早々に解決したこと。それらの要因が重なり、京香ちゃんの命は守られた。

そして、十三年前の事件。彼はそのことも素直に話した。

殺意が牙を剝いたのは小さなきっかけだった。母親たち三人が立ち寄ったランチビュッフェに江本がひとりで訪れた。席は隣。母親たちの誰かが、豪快に食事をする彼の様子を見て声をかけたそうだ。

よく食べるわね、大きな身体、さすが男ね、女じゃ無理、男のほうが得。

それらの言葉に江本は耐えられなかった。恋人を女性に奪われたばかりだった彼は、罵倒に等しい感覚を味わう。江本は先に店を出て三人を尾行し、後日犯行に及んだ。髪の毛を切ったのはやはり女性に対しての強い恨みだったそうだ。

人が死ぬようなトラブルではない。母さんたちに悪意はないし、江本の勝手な思い込みだ。思い込みだとしても、その場で怒鳴りでもして発散させればよかった。三人が死ぬことはなかったんだ……。

犯人が捕まり、真実を知り、十三年前の事件はようやく終わった。

「平気だったか、雄太」

紗彩の店で健ちゃんが口を開いた。午後七時過ぎ、仕事が一段落した紗彩がコーヒーを淹《い》れてくれる。

「証拠品を勝手に持ち出して、単独で行動して、厳重注意処分」職務上の規律違反に問われたわけだ。「昇任に影響があるかもしれないけど、後悔はしてないよ」

「事件を解決に導いた功労者なのにね」と紗彩。

「組織にとって重要なのは結果よりも規律だから」

「十三年、長かったな」健ちゃんが天井を見上げる。「終わっちまうと寂しい気もする」

「犯人が捕まらないほうがよかったってこと？」

紗彩が眉間に皺を寄せた。

「そんなわけねえだろ。ただ、気持ちをぶつけられる相手が罪を償って反省しちまうと複雑だよな、ってことだ。終わりにしろって言われてるみたいだろ」

「確かに」僕は視線を下げた。「母さんがここにいないわけだから、終わりなんてあり得ない」

納得できないことを受け入れなければならない。僕たちがこれからやらなければならないこととはそういうことだ。

「けど、事件は解決した。事件が解決するまでは雄太に引っ張られたが、ここからは俺たちの番だ」

健ちゃんと紗彩が目を合わせる。

「これでようやく十三年前の事件から堂々と目を逸らすことができる」

そういうことよね、と紗彩が問いかけると健ちゃんが頷いた。

「明日、父さんとお墓参りに行くの。終わることはできないけど、そこで区切りをつけるつもり」

「堂々と、ってところがミソだ」健ちゃんが補足した。「坊主頭にすることなく堂々と逃げることができる」

ふっと表情を崩した。健ちゃんが僕の首に腕を回して締めつける。

「いつまでもマザコンじゃ恋人もできねえもんな」

「そうだね」

肩が幾分か軽くなった。三人で逃げるのもいいかもしれない。


京香ちゃんが退院できたのは数日後のことだった。僕と紗彩は何度も病室を訪ねたが、健ちゃんと作治は一度も顔を見せなかった。店が忙しかったというのもあるだろうけれど、二人ともしんみりとしたシチュエーションが苦手なのだと僕にはわかった。

水曜日の午後、警察に立ち寄った京香ちゃんに付き添い、僕はタクシーに乗り込んだ。彼女の顔にはまだ痣《あざ》が残り、腫れも完全に引いていない。長かった頭髪は耳にもかからない長さになっていた。深くキャップを被る。

定休日の佐草うどん店は静寂に包まれていた。店内には健ちゃんと作治、紗彩と文子がいる。僕は入口の前で立ち止まる京香ちゃんの背中を押して彼女の足を前に動かした。

「よお、おかえり」

健ちゃんの能天気な声が響く。

「遅かったな、この不良娘」

その軽薄な声調は助かるよ、健ちゃん。

「すみませんでした」

京香ちゃんは帽子を取り、やはりその言葉を口にした。助け出されたその日から、謝罪ばかりを口にしている。

「お前は悪くねえだろうが」作治が声をかける。「顔を上げてしゃきっとしろ」

「親父の言う通りだ、俺たちはそんな言葉を望んじゃいねえ」

紗彩が立ち上がり、京香ちゃんの背中に手を回した。

「とりあえず座ろうよ。退院したばかりでまだつらいでしょう」

京香ちゃんが長机の隅に腰を下ろした。隣の文子が、大変だったね、と背中を撫でる。それでも彼女は顔を伏せ、身体を硬くさせていた。

「……あの日」

京香ちゃんがぼそっと声を発した。

「もういいって」健ちゃんが声を割り込ませる。「無理に話すことはねえ。俺たちは何とも思っちゃいねえ」

「京香が話したいってんだ、聞いてやろうじゃねえか」作治の声が優しい。「ここにいる人間は皆、お前の味方だ。遠慮せずに話せ」

健ちゃんは口を尖らせるも腕を組んで黙った。

「あの日」京香ちゃんは唇を震わせ仕切り直す。「宇野に呼び出されていたわたしは、少し早く彼の部屋に到着しました。何度インターホンを押しても反応がなく、ドアノブを回すと施錠されていなかった。そのまま帰ればよかったのですが、気になって中を覗いてしまった。そこで無残な姿で倒れている彼を発見したんです。現場にはもうひとりいて……」

「江本夏夫だな」と健ちゃん。

「はい、すみません」京香が頭を前に倒した。「迷惑ばかりかけて……」

「迷惑ばかりかけてんのはうちの馬鹿息子だ」

作治が唾を飛ばす。

「そうそう」健ちゃんが自虐の言葉を受け入れた。「迷惑は俺の専売特許だ。京香ちゃんのは迷惑ですらねえよ」

京香ちゃんは否定するように激しく首を横に振った。

「わたしは何も話さず、何も解決できず、みんなに心配をかけるだけかけて……」

自己批判をつづける彼女の声が涙に濡れる。

「わたしは心配をかけてばかりです。父も心配したまま死んでしまった。わたしがどうしようもない馬鹿だから周りに迷惑をかけてばかり……」

「京香の母親は病気で亡くなったそうだ」作治が発言する。「そのあと、親父さんも亡くなったんだよな」

「母はわたしが高校生のときに死にました。その頃からわたしは父にとって自慢の娘ではなくなった。家にも学校にも寄りつかず、遊んでばかり。父には何度も叱られました。ぶたれたこともあった。でも、わたしはさらに反発した。勝手に家を出て、その当時交際していた男性のところに転がり込んだ。でも、それも真面目な交際ではありませんでした。すぐに別れ、また別の男性と付き合う。そんな生活がつづいて二十歳になったばかりの頃、宇野と出会いました。そして、安易な考えで大麻に手を出してしまう。警察に捕まり、執行猶予つきの判決が出ると、さすがに反省しました」

「うちの馬鹿息子は今まで一度も自慢の息子になったことがねえがな」

「うるせえ、クソ親父」と健ちゃんはさすがに耐えきれず言葉に棘を生やす。

「……父は何度も面会に来てくれました。でも、わたしは顔を見ることなく話もしなかった。釈放されても父のもとに戻ることはありませんでした」

「反省したのに反抗はつづいたのか？」

「……申し訳なかったんです。こんなどうしようもない娘は父の恥だと思った。わたしが今さら帰っても、迷惑。顔を出さないほうが父のためだと思ったんです。でも……」

「でも？」

「釈放されて一年ほど経過した頃だったと思います。昔の友人がわたしを見つけ、声をかけてきました。そこで父が仕事場の事故で死んだことを知ったんです。地元の新聞などで小さく報道されたそうですが、わたしはまったく知りませんでした。その時点で父が亡くなって、すでに数ヵ月が経過していた。友人の話だと、父はずっとわたしのことを探していたそうです。それなのにわたしは……」

京香ちゃんは俯き肩を狭めた。

「駄目な娘……父はずっと迷惑していたと思います」

「わかってねえな」作治が声を雑にした。「親ってのはな、子供のやらかすことを迷惑だなんて思わねえんだ。心配をかけてばかりだと言うがな、親なんてものは子供がどんなに立派に成長しても心配する。どこにいても気になるもんだ。迷惑かけっぱなしだと？　それでいいじゃねえか。それが子供だ。京香、お前は親父さんにとって可愛い娘だったよ。俺が保証する」

京香ちゃんがゆっくりと顔を上げる。頬に涙のあとが何本も走っていた。

「……本当に……本当にそうでしょうか」

「馬鹿な子供ほど可愛い、ってな」

僕は健ちゃんの顔を見た。何だよ、と凄まれる。

何でもない。そう伝えると京香ちゃんに視線をやった。

「今の京香ちゃんを見れば、亡くなったお父さんもきっと自慢すると思う」

「そうね」紗彩が頷く。「うどんの修業に打ち込んでる京香さんはわたしも刺激になるほどだもん。どこかの馬鹿息子より確実に胸を張れる」

「おい」健ちゃんが不満の声を叩きつけた。「誰のこと言ってんだ」

「健太郎」

「お前に言われるとむかつくな」

「それとも何？　胸を張れるの、ロックスター」

言い争う二人だけれど、僕には惹かれあっているようにしか見えなかった。自分の気持ちに気づくのが照れくさくて反発しあっているようにしか見えない。

「……クソ女」と健ちゃんがつぶやく。

「聞こえたわよ、クソ男」

惹かれあっていると思うんだけど、たぶん。

微笑ましい二人をよそに僕は再び京香ちゃんを視界の中央に置いた。

「実は、もう佐草うどん店には戻らないんじゃないか、って心配してたんだ。でも、京香ちゃんは一度も『戻れない』とは言わなかった。それほどここが、というか、この店のうどんが好きなんだな、って思ったよ。うどんに対する思いが伝わった」

京香ちゃんは静かに頷いた。

「幸せの味なんだろ」と健ちゃん。

　京香ちゃんの目から大粒の涙がこぼれた。

「ここは家族三人でよく食べに来ていたお店なんです。父も、母も、わたしも、笑ってうどんを啜っていました。匂いを嗅いだだけで昔の光景が甦る。一口食べただけで頰が緩む。わたしにとっては幸せの味なんです。だからわたしはこの店に修業に来ました」

「面接のときと同じことを言いやがった」

　作治が短く笑う。

　京香ちゃんは腰を上げ、そして素早く膝を折って床に土下座をした。

「お願いします、師匠。もう一度、わたしをここで働かせてください」

「やめてやめて」文子が京香ちゃんを起こす。「そんなことをしなくても……ねえ、作治さん」

「馬鹿か、お前は」作治が声を大きくする。「頭を下げて頼むのはこっちのほうだ。馬鹿息子は使い物にならねえ、お前がいなきゃ俺が倒れちまう。お前は今まで通りここにいろ」

　作治がおもむろに立ち上がった。こちらに背中を向けて厨房を見る。

「母さん、騒がしかったろ。京香も帰ってきたし、ようやく全部終わった。たまには馬鹿息子たちを褒めてやってくれ」

自分で伝えるのが照れくさいものだから、奥さんに声をかけたのか。

健ちゃんの軽快な笑い声が広がった。視線をやると彼も立ち上がっている。厨房を眺め、口を開いた。

「何だよ、母ちゃんもここにいたのか。おい仁亜、母ちゃんに甘えてるか。いるなら出てこいよ、みんないる」

しんと静まり返った店内に物音はない。控えめな呼吸音と外からの生活音しか聞こえなかった。

「出てこねえつもりならそこで聞いてろ」

健ちゃんは咳払いをした。

「お前はうどん店を継ぎたいって言うしよ、紗彩はひとりで店をやって奮闘してる。自分の気持ちに正直に行動する雄太は輝いてんだ。俺だけ置いてけぼりだよ」

健ちゃんが長く息を吐く。

「見ろよ、仁亜。京香ちゃんがここのうどんが好きだって泣いてる。幸せの味なんだってよ、知ってたか？　うどんを食って心があったかくなるんだってよ。心が動くんだ。震えるんだ。俺がはじめてロックに惹かれたときと同じだ。うどんはロックだったんだよ」

短い間が空いた。

「あのな、紗彩に素直になれって言われた。偉そうだよな。けどよ、紗彩の言ってることは当たってたな、気づかないうちに俺の心も震えてた。俺は自分の気持ちから目を逸らしてたんだ」

はじめて聞く話ばかりだった。ロックミュージシャンとしての挫折、父への反抗、弟の決断などが邪魔して、自分の心に素直になれなかったのかもしれない。

「今は目を逸らして逃げていい時期じゃねえんだ。逃げるときは堂々と、ってな。これは母ちゃんに教えられた気がする。わけわかんねえだろ？　何ていうか、俺が何を言いたいかっていうとな……」

健ちゃんが背筋を伸ばす。

「なあ、仁亜。お前のやりたかったこと、俺がやってもいいか？」

店内は沈黙していた。その静けさを破ったのは作治だ。

「弟にお伺いを立てなきゃ何もできねえのか、馬鹿息子」

健ちゃんが隣を向く。珍しく真剣な表情をしていた。

「今さらだけど駄目か、親父」

「何言ってやがる」作治は不服そうに席を離れた。「京香、着替えて準備しろ。腕が落ちてねえか確かめる」

「あ、えっと」京香ちゃんが健ちゃんを気にする。「でも……」

「さっさとしろ、うどんの時間だ」

二人はそろって厨房に消えた。

「駄目ってことなのか?」

健ちゃんがこちらに顔を寄せた。

僕は首を傾げるしかない。

「おい、馬鹿息子」厨房から声が聞こえた。「うだうだ喋ってねえで手伝え。母さんにも宣言したってことを忘れるな」

「正式にお許しが出たようよ」と文子も厨房に入った。

「さあさあ、早く」

紗彩が健ちゃんを立たせようと急かす。

「働きなさい、ロックスター」

本書は、二〇一四年六月、弊社より刊行された『うどんの時間』を大幅に改稿し、改題のうえ、文庫化したものです。

この物語はフィクションであり、実在する事件・個人・組織等とは一切関係がありません。

文芸社文庫

働きなさいロックスター

二〇一六年十月十五日　初版第一刷発行

著　者　山下貴光
発行者　瓜谷綱延
発行所　株式会社　文芸社
〒一六〇－〇〇二二
東京都新宿区新宿一－一〇－一
電話　〇三－五三六九－三〇六〇（代表）
〇三－五三六九－二二九九（販売）

印刷所　図書印刷株式会社

装幀者　三村淳

© Takamitsu Yamashita 2016 Printed in Japan
乱丁本・落丁本はお手数ですが小社販売部宛にお送りください。
送料小社負担にてお取り替えいたします。
ISBN978-4-286-17688-8